KB043176

한실 문예창작 동인지 제14집

사랑하기까지

사랑하기까지

1판 1쇄 : 인쇄 2019년 06월 10일
1판 1쇄 : 발행 2019년 06월 15일

지은이 : 한실 문예창작
펴낸이 : 서동영
펴낸곳 : 서영출판사

출판등록 : 2010년 11월 26일 제 (25100-2010-000011호)
주소 : 서울특별시 마포구 성미산로 187, 아라크네빌딩 5층
전화 : 02-338-7270 팩스 : 02-338-7161
이메일 : sdy5608@hanmail.net

그 림 : 박덕은
디자인 : 이원경

ⓒ2019한실 문예창작 seo young printed in seoul korea
ISBN 978-89-97180-83-7 04810
ISBN 978-89-97180-00-4(set)

사랑하기까지

한실문예창작 동인지 제14집

머리말

한실문예창작 문학 동아리는 1981년 1월에 광주광역시 도청 뒤 조그만 사무실에서 시작되었다. 2019년 4월 현재 29년째가 되었다.

그동안 한실문예창작은 오프라인 문학회 한꿈 문학회와 온라인 문학회 바로 문학회와 꽃스런 문학회 등 13개 문학회로 성장하였다.

오프라인 문학회인 한꿈 문학회는 부드런 문학회, 향그런 문학회, 탐스런 문학회, 푸르른 문학회, 둥그런 문학회, 온스런 문학회, 포시런 문학회 등이 소속되어 있고, 온라인 문학회는 카페 한실문예창작에서 활동하는 바로 문학회와 아프리카TV "낭만대통령의 문학토크"에서 문장 훈련을 하고 있는 꽃스런 문학회로 나눠져 있다.

이들 문학회를 통하여 지금까지 총 350명의 작가를 배출했고, 전국구 문학상 459개를 수상했다.

아름다운 열매를 맺어준 우리 한실문예창작 여러 문학회의 문우들에게 이 시간 감사드리고, 행복과 기쁨을 함께 하고 싶다.

이 한실문예창작 문학 동아리가 언제까지 이어질지 아무

도 모른다. 하지만, 함께하는 동안이나마 서로 즐겁게 서로 정성 다해 나아갈 것이다.

그러기 위해서는 우선 우리가 건강해야 한다. 그리고 문학 창작에 대한 열정과 정성이 한결같아야 할 것이다.

부디 우리 모두가 살아가면서 창작하고, 이를 책으로 발간하는 삶을 지속해 나갔으면 좋겠다.

서로 격려해 주고, 서로 이끌어 주고, 서로 감싸 주면서 이 멋진 작가의 길을 함께 걸어가기를 소망한다.

- 한실문예창작 지도 교수(문학박사, 전 전남대 교수)

낭만대통령 박덕은 시인

제1지부 부드런 문학회

제2지부 향그런 문학회

제3지부 푸르른 문학회

제4지부 탐스런 문학회

제5지부 온스런 문학회

제6지부 포시런 문학회

제7지부 꿈스런 문학회

제8지부 둥그런 문학회

제9지부 꽃스런 문학회

한실 문예창작
회원

강보미(꽃술)

강승우(꿈길)

강창우(꽃노래)

강현옥(오로라)

고명순(진주)

김관훈(동키짱)

김명대(자유)

김미경(봄동산)

김미경(숲속의공주)

김방순(아띠)

김봉숙(서호)

김부배(첫사랑)

김송월(플로라)

김숙희(아이비)

김안기(앙거)

김영례(오뚝이)

김영순(아정)

김영자(호수)

김용주(아통)

김이향(스스로)

김인숙(마중물)

김정옥(꽃잎)

김주혜(예섬)

김현태(형국)

김흥순(믿음)

김희란(수평선)

노덕열(덕암)

노연희(연꽃)

박건우(연우)

박명순(솔새)

박범우(음악의소년)

박봉은(전설의영웅)

박상은(송원)

배종숙(꿈곱하기백)

서동영(별이로다)

서은옥(빛나리)

서희정(아리랑)

손수영(땅콩)

유양업(야나)

윤성택(하늘금)

이강례(인혜당)

이명사(사임당)

이삼순(월암)

이선자(명진)

이수진(짱짱)

이양자(인정)

이영(소정)

이영미(함박꽃)

이은정(솔숲)

이인환(물망초)

이혜정(핑크마마)

이희정(연송)

임영희(목련)

장만수(만세)

장웅기(낭군)

장헌권(헌책)

전숙경(그레이스)

전예라(동그라미)

정경옥(단아)

정달성(웃는달성)

정민숙(물안개)

정세자(심연)

정소영(빛방울)

정순애(청포도)

정연숙(유심)

정예영(은달빛)

정옥남(온천)

정은희(토끼마녀)

정주이(예말이요)

조정일(옹고)

주경숙(송실)

최기숙(초곡)

최비건(꽃활짝)

최세환(시암골)

최승벽(빈하수)

현부덕(송이)

황귀옥(옥구슬)

홍기선(문강)

황애라(푸른호수)

황혜란(그루터기)

지도 교수 강의 모습

2018년 시화전

한실 문예창작 2018 신인문학상 시상식

박덕은 미술관

박덕은 문학관

차 례

사랑하기까지

그날의 함성

(이준열사 문학상 수상작)

- 강현옥

뻐꾸기 울음 구슬픈
수유리 묘지에 앉아
고이 잠든 당신 불러 봅니다

외로운 유년 탓하지 않고
십자가 사랑 구슬 꿰어
늘 함께한 순결함

비바람 몰아치던 한밤중엔
북두칠성 푯대 삼아
뚜벅뚜벅 나아가던 우직함

대쪽 같은 청백리의 기개로
시베리아 넘고 페테르부르크 거쳐
헤이그에 꽃피운 핏빛 조선

불의에 맞선 그 하얀 절규가
111년 동안
한반도의 심장으로 이어져

꺼질 줄 모르는 등불로
지금도 뜨겁게
타오르고 있습니다.

박덕은 作 [이준 열사](2019)

어머니의 섬, 독도

(독도 문학상 수상작)

- 강현옥

억겁의 세월 낡은 치마폭에 담으며
뿌연 햇귀 잡고 일어서는 아침
밤새 안부 묻는 괭이갈매기의 울음에
콜록콜록 메마른 기침이 현기증 일으킨다

망망대해의 몸짓은 어제와 같으나
암갈색 허리춤은 보이지 않는 살을 깎아
굽어져 가는 절리의 새벽을 세우고
외로움 가득 등대 위에 걸어놓는다

밤새 문밖 서성이던 장군바위가
바다제비의 힘찬 날갯짓에
잠들지 못한 시름 내려놓으며
기상나팔 펄럭이고
머리맡 지키던 술패랭이 섬장대가
고사리손 흔든다

고개 들자 어머니의 눈물이 지평선에 걸려 있다
죽어도 눈 감지 못하는 문무대왕의 혼을 받들며
어린 딸자식 한번 건사하지 못한 모진 운명이

출렁출렁 흐느껴 운다

허연 백발이 되어서야 깨닫는 모정
대물림하고 싶지 않은 왕명을 옷섶에 새겨 넣으며
동해의 검푸른 파도에
주름진 이마 적시며 일어선다

멀리 백두대간의 따스함이
울릉도를 지나 안용복 해산으로 뻗어오자
물개바위 독립문바위도 촉촉한 눈빛 거두고
물골바위의 생명수도 똑똑 호흡을 시작한다.

박덕은 作 [독도](2019)

이십곡리

- 고명순

무등 지키는 파란 하늘
흰구름 안고 와 쉬어 가는 곳

신이 돌보고 있는
태곳적 아주 작은 동네

콧노래는 시가 되어
순백의 가슴 열어 노래한다

고추 가지 여무는 소리
그리운 고향 친구에게 편지 쓰고

삐리삐리 새들이
벅찬 즐거움으로 지저귄다

쨍쨍한 대낮에도 개울물
졸졸졸 자장가로 눈을 감기고

서산 마루 고요 밀려오면
추억 내음으로 배불리고

구구구 닭 홰치는 소리
초록 향기 이불 덮는다.

박덕은 作 [이십곡리](2019)

마네킹

- 고명순

쇼윈도우에서는
울고 싶어도
웃는다

슬픔이 복받쳐
참을 수 없을 때도
목울음 감추고
분칠한다

의자가 앉으라
손 내밀어도
앉을 수가 없다

하이힐 속 발가락들
숨 좀 쉬게 해달라고 아우성쳐도
못 듣는 척한다

눈칫밥과
소리 없는 통곡으로 배부르면
도끼눈 잠시 피해
어두운 계단 친구 삼아 다독인다

홀로 있을 때조차
반듯이 고운 자태 간직하며
손님 기다린다

아무도 위로해 주지 않지만
멍든 가슴 다독이며
꿈 하나 간직한 죄로
종일 웃으며 서 있다.

박덕은 作 [마네킹](2019)

가자
(한민족문예제전 민족통일광주시회장상 수상작)

- 김명대

형, 내가 잘못했어
아니야, 나도 잘못한 거 많아

형, 내가 미안해
아니야, 나도 잘한 거 없어

때론 형이 미웠어
엄마가 형만 예뻐하는 줄 알고

이제 우리 싸우지 말고
손잡고 금강산 가자.

박덕은 作 [손잡고](2019)

독거노인

방안의 정적 소리 귓가에 울릴 때면
음악을 틀어놓고 춤추며 노래한다
외로움 밀려올 때면 눈물 뿌려 잠든다.

박덕은 作 [독거노인](2019)

보금자리

- 김방순

동림동 대마산 산자락
모여든 백로 떼
저 날갯짓

하얀 날개 퍼득이며
하늘 가득 운치 있는 향연
펼친다

한때 열렬했던 사랑 싣고
높다란 보금자리
언제까지나 한결같이
제자리를 지킨다

어느 날 흔적도 없이
사라졌다
무슨 사연이 있었을까

다시 돌아온 건
귀소본능일까

혹독한 바람 견디며

언제나
같은 꿈을 꾸었을까

사랑이라는
아픔의 깃 펼치며
어둠 속 뚫고 돌아온 날들.

박덕은 作 [백로](2019)

불청객

- 김방순

꽃바람 부는 삼월
잿빛 하늘이
흙바람과 함께
춤을 춘다

봄의 축제에
마스크로 가린 얼굴들
숨막히는 공포에
소리 없는 아우성

이기심이 만든 재해
언젠가는
한 줌의 재로 돌아가리.

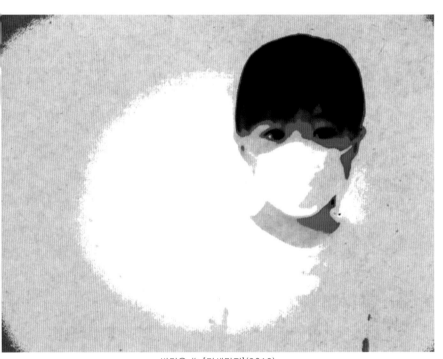

박덕은 作 [미세먼지](2019)

힘들거든

- 김봉숙

숲길을
거닐어 보아요

언덕 위에 탑을
쌓아 보아요

녹차 이파리
손끝으로
만져 보아요

마음의 소리
느껴 보아요

연못으로 떨어지는
물방울 같은
시를 써 보아요.

박덕은 作 [숲길](2019)

싶어요

- 김봉숙

칙칙한 장마 몰아내고
푸른 하늘 부르는
태양빛이고 싶어요

손 시린 새벽
별 위에 뜨는
눈썹달이고 싶어요

마음이 탁탁할 때
산소가 되고 싶어요

바위 틈 지나
뿌리 휘감아 도는
강물이고 싶어요

마냥 울고 싶을 때
잔잔히 위로해 주는
노을이고 싶어요.

박덕은 作 [노을](2019)

칠월의 푸른 넋이여

(이준열사 문학상 대상 수상작)

-김부배

꽃 같은 이름이
스치는
통한의 그날

서럽게 지는 꽃의 소리에
귀 열고 선 나무들
울부짖는 산하의 아우성 들으며
차마 못다 한 말들이 입천장에 달라붙어
꺼이꺼이 굽이쳐 도는 저 울음

스쳐지나가는 바람도
망국의 한으로 짓물러 버린 슬픔을
어쩌지 못해 안절부절못하다

황제의 밀서를 가슴에 품고
무수한 어둠 너머
일제의 만행에 맞서기 위해
뼛속까지 박힌 울분으로
부릅뜬다

비통한 눈물 삼키며
독립 의지의 횃불을
머나먼 헤이그에서 밝힌
이준 열사

기울어져 가는 한반도
애국 충정으로 피어나는 꽃처럼
분연히 일어선 그 이름

뜨겁게 목숨을 던지고도
또다시 우리의 가슴에서
들불처럼 피어나
시들 줄 모르는 꽃.

박덕은 作 [횃불](2019)

내 고향

(향촌문학상 최우수상 수상작)

- 김부배

노을 내려앉는 소리로
골목길은 붉어져
자잘한 웃음들 점점 또렷해지고
해 지는 당산나무는
싱싱한 저녁 불러들인다

동네 아이들
해질녘 통째로 삼킬 듯
담장 따라 달리면

일제히 일어서는
밥 짓는 연기
뒤를 따라나선다

땅거미 속으로 드러눕는
모퉁이 돌아 나와도
마을을 키우며 이어지는 골목길은
왁자하게 달리고

그 너머에서 날아든

엄마의 목소리

밥 먹자!

고봉밥처럼 하얀 별빛
반짝반짝.

박덕은 作 [고향 노을](2019)

우정

푸르름의 교정
그 커다란 설렘 위로
유유자적 곡선 긋던
여고 시절

같은 곳에 시선 닿은
빛깔의 오롯함
서로의 성장을 도와줬지

어느 날
하나의 과제 풀기 위해
두터운 심해에
푹 잠겨 있기도 하고

어떤 날은
생기 넘치는 언어로 조잘대며
열정을 맛보기도 했지

밝은 분위기로 강렬히 연출하는
햇살의 질감처럼
부드러운 쪽빛의 윤슬처럼

서로 곱디고운 숨결로
진실 담아내며
순간 순간
색색의 추억으로 치장했지.

박덕은 作 [우정](2019)

도토리

- **김숙희**

순수함 그대로의 향 아직 잃지 않았어요
꽃샘바람과 교감하기 전에는

외로움에 아직 휘둘리지 않았어요
눈물 섞어 말려진 과거를 푸념하기 전에는

똬리 튼 정겨움이 아직 끝나지 않았어요
그리움이라는 긴 여운을 남기기 전에는

떨쳐 버리지 못한 연민을 가지 치지 말아요
천년의 인연을 스쳐지나가기 전에는.

박덕은 作 [도토리](2019)

꽃

(용아 박용철 문학상 수상작)

– 김영순

컴컴한 어둠 속 메마름 안고서
모양도 색깔도 미래도 없이
상상의 나래 편 채 잉태되었다

흙에 섞이며 부르트고
몸을 부풀리고 껍질 찢기고
비에 젖으며 꿈을 꾸었다

가슴 팽창하여 기지개 켜
뼈저린 진통을 겪으며
땅위에 고개 내미는 힘이 되었다

뾰족이 솟아오르니
찬란한 사랑의 빛을 만나고
이 얼마나 큰 기쁨이던지

손 발 꿈틀거려 사방을 보며
키를 쑥쑥 키우며 잎이 너울거리고
꽃봉오리 봉긋 입을 벌렸다

64

이 세상에 하나뿐인 아름다움
비바람 치고 흔들리고 꺾일지라도
나를 나답게 하리라

황홀하게 숙성해 활짝 피어
매혹적인 장미가 아니어도 좋다
이름 없이 살아가는 들꽃이면 어떠리

온 마음 다해 방싯거리며 웃다가
어느 날 홀연히 시들면 어떠리
튼실한 열매 하나 남길 수만 있다면.

박덕은 作 [꽃](2019)

기념 식수

(한민족문예제전 민족통일광주시회장상 수상작)

- 김영순

두 정상이 만나서
육십오 년 한을 한꺼번에 쏟아
반송의 암꽃 수꽃 버무려
봄바람에 날리니
어화둥둥 지화자

보고 싶어 절규하며 눈물로 젖은 베개
멍울 달래며 잘근잘근 씹던 설움
서로가 그립고 애달파 속앓이하던 세월
송진 향내 멀리멀리 띄우네

한 뿌리에서 뻗어나
사이사이 스치는 햇살 따스히 안아 보며
한라산 흙 백두산 흙 한강 물도 대동강 물도
한몸에 스며드니 기뻐서 춤을 추네

새꿈의 나래로 초록 우산 펼쳐서
푸른 수액 뜨거운 혈관에 흘러들어
송연묵 먹을 풀어
붓 들어 휘저으니

평화로운 학이 하늘의 축복 가져오네

자랑스런 조국의 이 땅 위에
통일의 그날이 오기까지 쑥쑥 자라
신바람나게 가지마다 웃음 지으며
한마음 한뜻의 징표가 되네.

박덕은 作 [기념 식수](2019)

이준 열사

(이준열사 문학상 우수상 수상작)

- 김영자

조국의 벼랑 끝에
외마디 숯덩이
화염 속에 잠드신 님이여

헐벗은 산맥 지나
흙바람 날리는 낯선 땅 헤이그에
그리움 빚은 그 통한의 아픔으로
세계만방에 한 소절 소리꽃으로
피어난 님이시여

역사 속 잔악무도한 일제 만행에
숨죽여 울던 날
신비의 늪길 건너 너울대는
찬란한 봄날을 위해

선연한 핏빛 물들여
오천만 가슴에
혼불 밝힌
민족의 열사여

글썽이는 밤하늘의 별빛처럼
새벽 향해 나르는 불새의 나래짓으로
바람 불어 서늘한 이 땅

오롯한 고백으로
뿌리 내린 계곡마다
춤추듯 울려 퍼지소서

이 겨레의 살아 있는
푸른 숨결을 들으소서
우리의 선각자
이준 열사여.

박덕은 作 [불새](2019)

벚꽃

- 김영자

언 눈 뜬
길고 긴 기다림의 연서
풀어헤친 꽃샘바람

저리 환한 문장 하나 달고
푸르디푸른 하늘가에
매달려 있다

새록새록
제 몸 벗어 버리고
톡톡 튀는 꽃망울들

떨리는 가슴속에
새하얗게 돋아난 눈빛들

청보리밭 결에서
꽃섶 여민 절정의 깃
점점 높아 가고 있다

활짝 열어젖힌
꽃대궁 길

수런수런

잘디잔 물비늘로
날 세우더니
시작도 끝도 없는
저 화사한 침묵의 강

그리움의 여백 안은 채
저 하늘 끝까지 달리고 있다.

박덕은 作 [벚꽃](2019)

꽃

(용아 박용철 문학상 수상작)

- 김용주

길가에 수북이 차려진
흰쌀밥
누가 차려 놓았을까

시어머니 꾸중 듣고 화난 며느리
있는 쌀 몽땅 털어 밥 지었나
배곯아 죽은 영혼들 쌀밥 되었나
굶은 자들을 위한 한풀이인가

나뭇가지엔
전설이 송이송이
주먹밥이 주렁주렁
바람 따라 춤을 춘다

오가는 사람마다 둘러앉아
맛있는 꽃밥 정다이 먹으니
금년 사랑도 풍년 들것다.

박덕은 作 [꽃](2019)

억새

(빛고을문예백일장 수상작)

- 김용주

가냘픈 여인처럼
세상 풍파에 시달려도
그 누구도 꺾을 수 없는 절개

몸서리치며 긴 터널 빠져나온
황혼의 딱딱해진 허리 곧추세워
외로운 희연 머리 흩날린다

차가운 비바람 옆구리 스칠 때
사랑하는 이의 소식 물으며
잠든 파편들 들춰내어
서로 마음 다독이며 의지하고
슬픈 속가슴 삭여내며
외로운 눈물 닦아 주고
두 손으로 사각사각 비벼대며
오직 한 줄기 희망 품고
기도하던 세월

잔설 등에 업고
뚝심으로 밖에서 안으로

더 강해지는 갈색의 몸
따스한 봄날을
가슴 깊이 새기며
춤추는 자유의 의지로
위로의 노래하는 가을 휘파람새

세상의 더러운 물도
깨끗하게 닦아내는 수초 되고
온갖 짐승들 은신처로 망가져도
속 비우고 속울음 삼킨 그날들
흐르는 물결 소리에 실어 보내며
결코 시들지 않는 아름다운 꽃

눈뜬 채 죽을 수도 없고
나무처럼 설움 떨쳐내지 못해
가진 모든 것 다 품어 안고서
갓 태어날 자식들에게 젖을 주려
그 자리에 서 있다

저 들녘 물결쳐 부서지는 포말
강변에 부드러운 털들이 말려오듯
노년의 아름다운 하얀 미소들이
청명한 가을 하늘 아래
밝은 빛으로 다가온다.

봄비

그리운 가슴 가만히 열어
빈 가지 저 너머로
걸어오고 있다

먼 여행에서 돌아와
풀어헤친 떠돌이짐
늘 그 자리 빈 방문 열면

기다렸다는 듯이
두 팔 벌려
먼지 털어낸다

남은 추억 처마끝에 매달고
우는 날이 많았던
출렁거리는 아픔 사이로

초록 안은
무성한 사랑으로
내린다.

박덕은 作 [봄비](2019)

석양

– 김인숙

찬란함 넘어가는 산모롱이
초저녁별 안개 걷고 나와
달리는 시간 속에 걸터앉아 생각에 젖는다

아무도 봐 주지 않아
빛 잃어 가는 어스름
허공에 맴돈다

어린 새의 노랫소리는
허리 휘게
하루를 받아 건다

끝없이 이어지는 물결들
거리의 어둠 삼키며
삭막한 도시에 휴식의 향 피운다

하늘로만 치솟던 고개 숙이며
휘파람새 맑은 소리
어느덧 가뿐해지는 욕심 싣는다

온몸에 불그스레 물드는 빛깔

마음속 멍울 풀어내며
번쩍 부싯돌 붙인다.

박덕은 作 [석양](2019)

지구 살려야제

(제17회 지구사랑 공모전 은상 수상작)

- 김현태

아그들아 느그들 잘 있다냐
어매는 잘 있당께
니 엄니는 시방 들에 나가
나물도 깸서 놀고 있당께

그런디 말이다 엊그저께 느그들이
내 강아지들이랑 치우고 갔는디
쓰레기랑 비니루랑
누가 엄청나게 또 버려 부렀당께

동네 사람들하고 쌀쌀 치워 볼란다만
뭔 급헌 일 있겄냐
찬찬히 주서 볼란디 담 주말에
새끼들 데리고 와야 쓰것다

우리가 쓰레기 주스믄
다른 사람들도 따라서 줍드랑께
그라고 냉장고랑 김치냉장고랑
두 개씩 있어붕께

혼자 삼시로 먼 소양 있것냐
전기싹도 많이 나강께
하나만 두고 싹다 버려야 쓰것다
괜찮것으면 중고가게 오락해서 팔아불란다

느그들도 자그만치 낭비허고
엄니처럼 싹다 버려불어라
하나씩만 냉겨두먼 지구도 살고
나라 경제도 살것인께

요세는 괴기를 많이 묵어서
병이낭께 자그만치 사다 묵고
텃밭에 채소 그때 그때 김치 담가묵고
무시채지 맹글아 묵으면 좋것제

이렇케 존 시상인디 백세까징 살라믄
환경을 지켜야 쓸 것인디
요새는 전에 없던 미세먼진가 뭣인가
앞도 안 보이고 징해서 못 살것다

건강 챙겨감시로
깨끗한 환경 맹글먼 오래 살것잉께
으짜든지 애끼고 절약해 감시로
지구도 살리고 건강허니 살아야 쓰것다.

내가 본 북한

(한민족문예제전 문학상 수상작)

– 김현태

평양 순안 공항까지 불과 오십여 분 거리
지척에 둔 한민족 피가 흐르는 북녘땅
텅텅 비어 있는 공항 서너 대 민항기만
외롭게 서 있고 총 맨 군인들이
대합실 오가며 지킨다

가깝고도 먼 멀고도 가까운
우리 동포 사는 곳 눈물 뚝뚝 흘린다
고요와 침묵 속 뻥뻥 뚫린 거리엔
무궤도 전차만 오갈 뿐
사람도 차도 없어 적막에 떨고 있다

유니폼 입은 여성 교통 정리원
빨강봉 손에 들고 호루라기 불며
신호등 대신하고
에스컬레이터로 칠 분쯤 내려가니
백 미터 땅굴 속에는 신비로운 지하 궁전
지하철에 모여든 시민들 이동하는
반공호 따로 없다

퇴근 시간 무렵 자전거 타고 이동하며
경보하듯 종종걸음친다
상가 간판은 거의 보이지 않고
온통 빨갛게 써놓은
인민공화국 찬양만 가득하다

인민들 굶어 죽어 가는데
김일성 생가와 개선문 선전기념탑들
줄줄이 늘어서 인민들 줄 세우고
바보온달과 평강공주 묻힌 묘소와
사찰에는 오가는 사람 하나 없다

평양냉면집은 호의호식하는
당 간부들로 발 디딜 곳 없이 붐비고
대동강에 드리운 강태공 몇 사람만 앉아
고독의 눈물 뚝뚝 떨구고 있다

에너지가 부족해 시설농업은 할 수 없어
수작업으로 협동농장 운영하고
땔감 베어낸 벌거벗은 산들은
온통 붉게 물들어 있다
모두 다 가을걷이를 전투처럼 하자는
선전구호만 논두렁에 덩그레 서 있다

밤 열 시 초저녁인데도
시내 전역의 불빛은 모두 꺼지고
죽음의 도시가 되어버렸다
높이 선 동상에 서치라이트 비추니
무섭도록 적막한 가을밤 저물어 가고

통 큰 두 정상이 머리 맞대고
핵 없는 한반도 만들자며
추진하는 정책들이 술술 풀려서
전쟁 없는 한반도 한라에서 백두까지
관광길 열리는 통일의 그날
부디 하루빨리 다가오길 염원한다.

박덕은 作 [평양 거리](2019)

고향집 추억

- 김흥순

쏟아지는 햇살 내려앉은
싱그러운 여름
대청 아래 봉선화 휘늘어지고
알록달록 손톱에 수채화 그리며
천장에 매달린 소쿠리 보리밥
배고픔 달래주는 그리움

기둥과 마루 들기름 칠하고
은은한 빛 선조들 기법
벽은 흙으로 멋있게 빚고
볏짚으로 지붕 덮고

장작 패서 땔감 준비
가마솥 모락모락 밥 지어
부모 형제 도란도란
한 울타리 끈끈한 사랑
부모님 손때 묻은 정든 초가집

가을 깊어 국화 사라진 뒤
하얀 창호지 틈 국화꽃 무늬
달 밝은 가을밤

은은히 비치는 문양
고향집 정겨움이 그리워진다.

박덕은 作 [고향](2019)

그리운 어머니 봄

가슴 따뜻한 미소 띠우고
초록빛 청보리가
살랑살랑 손짓하며 내게 다가와
그리움으로 생각나는
사랑하는 어머니

수줍게 고개 내민
연초록 여린 잎들
코끝 스치는 봄내음
풋풋함이 바람에
속삭이듯 흔들어대는 자태

꽃피는 향긋한 계절
꽃가루 바람에 실어
벌 나비도 날아들어
날개를 펼치며

짙어가는 녹음이
온몸 푸르름으로 치장하고
생명력 넘치는
그리운 어머니 봄.

박덕은 作 [봄](2019)

기역자 허리

쿠웅
바닥을 모르는
땅꺼짐으로
저만치 내려앉는 가슴

모진 밤일
일곱 남매 등쌀에
댕강 꺾여 버린 그림자
가냘프게 숨조차
허억헉

구부러져 펴지 못한 채
서러운 지푸라기

모진 세월의 무게에 굳어진 외침
이젠 시원하게 펴 주고 싶다

아프다는 신음마저 몰래 삼키고
내리 눌렸던 나
이젠 그 둥지 받쳐 주는
버팀목이고 싶다.

박덕은 作 [할머니](2019)

조기

- 김희란

시끌벅적 시장통
모퉁이 돌면
시퍼런 소쿠리 위
조기 열 마리

살빛은 누르스름
표정은 제각각
덜컥 그물에 걸린
순간 그대로

함지박 깨듯 터진 아가미
삶 초월한 눈꼬리
껄껄껄
어처구니없어 웃는 입
샐쭉 올라간 입꼬리

놀라다 웃다 포기하는
마지막 표정
거기 우리가 오롯이 들어 있다.

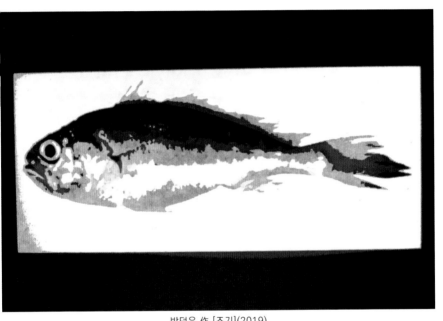

박덕은 作 [조기](2019)

아내
(김유정 문학상 우수상 수상작)

- 노연희

새벽녘 눈 뜨니
머리카락들이
이리저리 부산떨며
노려본다

인내의 끈일까
고난의 끈일까
세월의 끈일까

추억 저편
모진 바람 맞으며
나이들고 노쇠한
낯익은 모습.

박덕은 作 [아내](2019)

가을 강가

(빛고을 문예 백일장 장려상 수상작)

- 노연희

새털구름이
책갈피에 끼워 놓은
뜨거운 말문 깨운다

못 본 척 못 들은 척
가슴밭에 기댄 채
고즈넉이 명상한다

빨간 미소 살그머니 고개 들어
나붓나붓 햇살 담아 눈부시다

행복 머금고
꽃입술 뒤척이며
샛바람에 온몸 흔든다

하얀 속삭임의
들뜬 미열
추억 속으로 스며든다

멀리 날아야 할 때

조용히 주위를 돌아본다

낯선 곳으로
손 흔드는 시선이
그리움으로 채색한다

서러움은
염치도 없이 떠나는 가슴
끌어안는다

글썽이는 눈시울이
하늘을 쫓고
자잘한 일상은 집을 나선다

이미 허기진 인연들은
시간을 털고
음률에 미끄러진다

하냥 놓아만 둘 수 없어
오고가는 시간들은 서성댄다

참았던 기억들이
그윽한 눈빛 타고
너울너울 날아간다.

이준 열사

(이준열사 문학상 우수상 수상작)

- 박봉은

올여름에도
백일홍은 피었습니다
애타는 마음을
꽃대로 밀어 올리며 피었습니다

나라 잃은 슬픔으로
온 가슴이
꽃잎처럼 붉게 타들어 갈 때

분연히 그 불길 속으로
뛰어들어
겨레의 간절한 소망을
지켜내고자 했던 당신

기울어져 가는 나라의 운명을
온몸으로 지탱하며
일제의 침략으로
민족혼이 말살당할 때

구국의 충정을

가장 빛나는 별로 새기며
수많은 밤을 깨어 있었던 당신

울분으로 솟구치는 한숨은
태산을 이루고
노여움으로 부릅뜬 눈은
천리길을 뒤덮었습니다

그 깊은 탄식에서
흘러내리는 눈물이
석 달 열흘
붉은 꽃바다로 피었습니다

아직도 분단된 이 강산에
선홍빛 꽃잎으로
간절하게 피었습니다.

박덕은 作 [꽃바다](2019)

아버지

아침해가 산머리에 머리 감고 있을 무렵
실타래 같은 어둠 온몸에 두르고
일찌감치 새벽공기 한 사발 들이킨다

커다랗고 두터운 손마디엔 각진 고통들이
침묵으로 눌어붙어 나뒹굴고 있고
갈라진 피부 밑에는 피고름이 또아리 틀고 앉아 있다

쉴 틈 없이 재잘거리는 시간의 뒷자락에 매달려
그림자 사라질 때까지 허겁지겁 숨 몰아쉬고
자갈밭길을 맨발로 걸어오곤 한다

주책없이 칭얼대는 말라빠진 배 움켜쥐고
습하고 추운 가시밭길 쉼 없이 달려가느라
허기진 등허리엔 곰팡이만 가득 피어 있다.

박덕은 作 [아버지](2019)

엄마
(서울 지하철 문학상 수상작)

- 박상은

엄마가
'나, 갈게' 하고 돌아선다
무엇을 잃었나 잠시 멈칫 멈칫 한다
발길 떨어지지 않는 듯 엉거주춤한다
이내 또 '나, 간다' 하고는
느릿 느릿 걸어간다
저 모습이
엄마다, 우리 엄마.

박덕은 作 [엄마](2019)

어머니

(위드라이프 효·가족사랑 공모전 우수상 수상작)

- 박상은

자신에겐 모질게 하고
품안에 자란 자식들의 허물들 안고
허기진 길을 걷는
천사의 발길

해 뜨면 허리 펴고
달 뜨면 길쌈하던 거친 손에
다독여 주는 따스한
사랑의 기도

목 넘기기 싫어서 아닌
단 한 가지
식솔들의 아른거림에
인내의 고통을 참아

가는 길에
지푸라기 하나 걸리지 않도록
마당 쓸 듯
닦아 주던 고운 손

해 지는 길모퉁이에
눈길 멈추지 않는 기다림은
깨알 같은 가슴의
배려가 꽃핀다

쉰 넘은 자식
살아갈 걱정하며 다독이고
미소 지으며
눈 감으신 어머니.

박덕은 作 [어머니](2019)

바다

(대한민국 문학 공모전 수상작)

- 배종숙

아슴한 수평선에 물안개 앞세우고
먼 길 온 흰 포말은 쉼 하다 넋을 놓고
그리움 뭉클 치솟아 하룻길에 밤샌다

헤쳐 온 힘든 날들 해탈의 모랫바람
해수 위 노를 저어 천 개의 구멍 뚫린
그물망 길 헤치면서 쉰 물소리 깨운다

여정의 파문 위에 서러움 반쪽 내어
마음속 문을 열고 갈매기 울어 대면
아픔의 가장자리로 밀어내는 속울음.

박덕은 作 [바다](2019)

능소화

(에이펙셀 문학상 대상 수상작)

-배종숙

주황색 피는 꽃잎 님의 입 닮았구나
담장 위 내민 잎은 그리움 목이 탄 듯
오뉴월 뙤약볕에도 마다하지 않구나

계절의 연착으로 늦여름 담장 너머
떨어진 우중의 꽃 육신을 다 버리고
두 눈에 고인 눈물은 밤을 앓던 기다림

꽃잎이 곱다한들 혼절한 목마름에
그 향기 깊다지만 떨어진 꽃이더라
내리는 소나기 연정 일편단심 젖는다.

박덕은 作 [능소화](2019)

주머니

(서울 지하철 문학상 수상작)

- 서동영

지친 하루를 주머니에 넣는다
밤새 숙성된 서러움은
행거 위에서 말라가고
만원짜리 지폐가 끝없이 나오는
마술사의 주머니를 꿈꾸며
잠이 든다

미움과 질투와
사랑의 달콤함도 우겨 넣고
그리움의 내음도 담아낸 주머니는
들락거린 마음만큼 해져 가고

바람 거센 어느 저녁
늙으신 어머님의 골무 끝에서
다시금 생을 얻는다.

박덕은 作 [주머니](2019)

소록대교

- 서동영

보기만 하고
갈 수 없던 땅

전설 속에서 솟아나
다리가 되어 버린 사슴 따라

그리움 묻은 바람 데불고
서러움의 등을 걸어간다.

박덕은 作 [소록대교](2019)

동창 모임

- 서은옥

부푼 꿈에 젖은
세월의 발자욱 뒤로한 채
그리움만 스쳐지나간다

추억 엮어 온 사랑
시간에 떠내려가다
잠시 멈춰선 발길

유니폼의 꽃망울들이
어느 틈에 벌써
시들은 모습

가득한 보고픔
더 가까이 다가가
설렘의 포옹 나눈다

반가운 미소들이
바람결에 머리 맞대고
함박꽃 피워낸다.

박덕은 作 [동창 모임](2019)

첫사랑

어둠 속 깊은 곳에서
속울음 삼키다가
여명의 빗장 풀며
푸르게 일어선 새싹

가느다란 손 내민 채
풍겨 오는 향기에
흠뻑 취한다

외로움의 속앓이
전하지 못한 아픔
마음에 담아
눈물로 띄워 보낸다

기다림으로
야위어진 발자국
햇살에 젖어
사색의 공간 거닌다

파고드는 추억
보고픔의 가슴에

걸어놓고
뒤척 뒤척

고개 들어
바라보는 빈자리엔
그리움이
아지랑이 되어 피어오른다.

박덕은 作 [첫사랑](2019)

김밥
(샘터 시조 문학상 수상작)

- 서희정

새까만 가슴 가득 퍼지는 하얀 설렘
그 위로 가지런히 오색빛 드러눕고
도르르 말리는 추억 꽉 찬 미소 환하다.

박덕은 作 [김밥](2019)

대전 孝문화뿌리축제

(광수 문학상 수상작)

– 서희정

찬란한 가을 들녘 청명함 차르르르
피워낸 꿈송이들 하나 둘 아우르며
정갈히 차오른 바람 옹골차게 익는다

뿌리가 터를 잡고 들어선 안영 천변
유동천 맑은 물은 유유히 흘러가고
끈끈한 인연 줄 따라 모여드는 인파들

겹겹이 묻은 사연 하나둘 터져 나와
소롯이 붉어지며 달콤히 스며들 때
벌어진 신명난 굿판 덩기덩덕 흥겹다.

박덕은 作 [효](2019)

사랑하기까지

- 손수영

같은 길 걷고
같은 곳 보며
함께 숨쉬는
하늘을 본다

곳곳의 빈자리
한 잔의 커피향
마신다

어둠은
하얀 셔츠깃 물고
그럴싸한 수트핏이
여운을 채운다

그림자가
세월 감싸 안고
외로움이 되자

영혼조차도
벼랑 끝에 내몰려
또 다른 길 나선다.

박덕은 作 [사랑](2019)

율포

- 손수영

설렘 사이로 피어난
하얀 율포의 갯비린내

석양의 미소 버무려진
툭 스쳐간 사연 하나

밋밋한 둥지 위에
동그라미 그리며
곡선 그리며 돌고 또 돈다

영혼의 치맛자락 움켜쥔 손
다섯 손가락 함께 열어

오감으로
잔파도 밀어 보낸다

그리움 서신 먼저 오길
수평선 너머
너울질해 보지만

이내 사라져 버린

세월 문턱
아름다운 동행이 슬며시 웃는다.

박덕은 作 [율포](2019)

촛불집회

(용아 박용철 백일장 수상작)

- 유양업

속울음 끌어안고 모여든 발걸음들
빛나는 별과 함께 어둠을 밝히우고
타오른 애국의 불꽃 온누리에 퍼지네

공법이 물과 같이 정의가 하수같이
손에 든 음률 가락 구름도 받아들고
울분을 어루만지며 소리 높여 외치네

가슴을 태운 불꽃 하늘로 치솟으며
아픔의 의미 방울 바람도 휘감아서
뜻 밝힌 정의의 함성 하늘 향해 불타네.

박덕은 作 [촛불집회](2019)

꽃 잔치

- 유양업

청정숲 여름 한낮 문우들 설렌 마음
백 번째 수상 돌파 동인지 출판 기념
시 수필 가슴에 흠뻑 문학 숨결 꽃피네

번개팅 황홀 잔치 향긋한 나래 펴며
사랑의 마음 담고 온 정성 가득 쏟아
시심꽃 활짝 영글어 부푼 가슴 하늘빛

군침난 한 상 차림 웃음꽃 만개하고
전국의 문학도들 부푼 맘 얼싸안고
순수한 창작의 열정 나래 펴고 날으네.

128

박덕은 作 [꽃 잔치](2019)

희망
(부천 시가활짝 문학상 수상작)

- 윤성택

더듬이에 걸린
삭풍의 꼬리에
온기 묻어나는
후미진 뒤안길
얼룩진 잔설 틈에서
빠끔히 내밀어
날개 펼쳐 비상하는
작은 미소.

박덕은 作 [복수초](2019)

봄

- 윤성택

살랑살랑
냉큼 오셔요

대답 안 하길래
못 오는 줄 알았어요

다시 볼까
애만 태우더니

희뿌연 먼지에 갇혀
적적한 고요뿐

어제 내린
빗방울에 깨어났나요

오늘 부는 꽃샘바람에
흔들렸나요

어디쯤 오고 있나요
부디 한눈팔지 말고

사뿐 사뿐
곧장 오셔요.

박덕은 作 [봄](2019)

두견새

- 이강례

봄밤이 삼경인데 그리움 달빛 타고
머리맡 똑딱 똑딱 흐르는 무정 세월
동녘에 붉은 태양은 선잠까지 깨운다

아침잠 꿈속에서 아슴히 들려오는
낯익은 목소리는 생전의 님이신가
새벽녘 우는 두견새 못다 이룬 정인가

짝 잃은 호젓함에 동백꽃 물들었나
너희도 내 맘인 양 하얀 밤 지새는가
가슴을 헤집는 고요 혼자만의 노랜가.

박덕은 作 [두견새](2019)

경칩

- 이강례

낮달도 졸고 있는
동네 산책길
꽃샘추위 찬바람이
옷섶 열고

앙상한 가지에
꽃눈 틔운 홍매화
철새 찾아와 노래하며
보금자리 튼다

그리움을 안으로 감추고
서로 몸 기대어
잠자던 뿌리들
기쁨으로 날개 편다

메마른 대지에
촉촉한 땅심 오르고
늙은 고목에도 새순 돋는다.

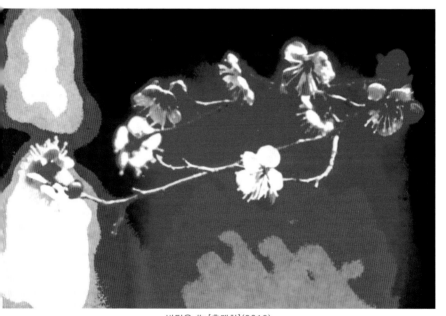

박덕은 作 [홍매화](2019)

나의 어머님

(서구 문예 가족사랑 문학상 수상작)

- 이명사

꽃다운 38세
전쟁으로 남편 잃고
여섯 남매와 유복녀를 혼자 안은 어머니

피난 가라 돈 주며 권했더니
기어코 가지 않고 내 못할 일 시키시요
너무 힘들 때면 사진 한 장씩 찢으시며
한을 푸셨다던 어머니

딸들은 몰라도 아들들은 가르쳐야 할 텐데
걱정 마시오 기어코 딸들도 대학까지 갈칠 테니
약속 지켜 자식들 키워내는 동안
아버님 사진 한 장도 남지 않았네

손자들 애지중지 사랑으로 키워 주신 어머니
며느리 사랑 지극하여 우리 고부 늘 평화로웠지

어찌할 수 없는 세월
백수에 치매 오고 허리 다리 못 쓰고
요양원에 계신 어머니

밖이 춥구나
어느 겨울날 찾아간 막내며느리
작은 손 감싸주며 호호 불어주던 어머니
내 가슴 뜨거운 강물 되어 흐르고
오래도록 손 맡긴 채 그렇게 울고 있었네.

박덕은 作 [어머니](2019)

님의 기도

(이준열사 문학상 수상작)

- 이명사

일본의 침략 행위
만국에 호소하러
머나먼 헤이그 길

냉담한 열국의 반응
할복하여 활화산 빛으로
대한인의 독립의지
보여 주었네

바람 앞 등불 조국
교육기관 많이 세워
민족얼 심어 주고
님 가신 지 38년
조국 광복 이루었네

겨레의 가슴에
면면히 흐르는
붉은 피

수유리 묘소에서

140

오늘도 기도하는
이준 열사의 후예

내 사랑
내 조국이여
부디 영원하라.

박덕은 作 [기도](2019)

추억을 본다

- 이선자

빛바랜 앨범 열어
옛날을 본다
부모님 오랜만에 본다
헤어져 간 수많은
낯익은 사람들
스쳐지나간 인연들

사진밖에 볼 수 없는 지난날들
아름답고 활기찬 젊음들
순간 포착으로 멋진 사람들
세대 차이로 어설펐던 순간들
귀엽던 애기들
신비롭게 커 가던 모습
손자들 모습이 아들 위에 겹쳐진다

내게도 활기찬 젊음 있었구나
젊어 좋은 줄도 모르고
흘려버린 미로의 날들
지난날의 모습들
어느 아침 이리 되었을까
남는 건 울리는 뼈마디

단풍으로 물들어도
수긍인가 긍정인가
먼 길 가슴에 안고 간다.

박덕은 作 [추억](2019)

기다리는 봄

- 이선자

우수 경칩 지나서
꽃소식 들리는데
머물러 오른 매화 봉오리
꽃샘바람 헤집고 간다
오던 봄 뒷걸음치게

찬바람 쓸고 간 언덕
새 역사 꿈틀대는 소리
쌩 바람 무서워 머뭇거리고
메아리로 들려오는 봄소식
백목련 실눈뜨고 내다본다

봄볕 찾는 설렘인가
포근한 안개비 새싹 부르고
기다리지 않아도
절로 오는 봄
연분홍 꽃내음에
놀란 동장군 자취 감춘다.

144

박덕은 作 [매화](2019)

들깨밭

(서울 지하철 문학상 수상작)

- 이수진

비탈길 옆 자리잡은 땅뙈기는
강산골에 굽은 등 기다리고
밭 귀퉁이에 지팡이 짚고 들어선
어머니가 들깨를 끌어안는다
자신의 몸보다 더 웃자란
들깨를 끌어안고 이리저리 부벼댄다
산그늘로 땀 쓰윽 닦아내고
골 깊은 주름 사이에 보고픔 그리더니
기다란 몸뚱어리 내리치고
또다시 내리치면
파르르 떨던 아릿함마저 비명 쏟아낸다
가슴에 쌓인 알맹이들이 정에 사무치고
어깨에 앉은 그리움이 먼 곳 바라보다
미소 머금은 채 노을 속을 걷고 있다.

146

박덕은 作 [들깨밭](2019)

의미 없는 약속

(안동 주부 백일장 우수상 수상작)

– 이수진

햇살 한줌에
시린 마음 활활 지필 수 있을까

꾹꾹 눌러둔 침묵
낯선 길에서 젖은 가슴 풀어헤친다

샛바람 부여잡고 들락거리는
기억의 길목마다
의미 없이 던진 고백들
순백으로 덧입혀

너스레 떠는 미소마저
스란치마로 덮어 가며
눈꽃마냥 하얗게 밤새우고 싶은데

시린 눈빛만 날을 세우고
얼룩진 속내
피멍 든 마음도 접지 못한 채
추억을 찾아 나서고

끊어내지 못하는 수많은 언약
꼬리 흔들다 잘라내는 민낯
희미해지는 목소리 움켜잡은 채
지난날 태엽 돌리고 또 돌린다

깊숙이 묻어둔 약속
수많은 흔적만 모로 누워
너덜너덜한 마음을 꿰맨다.

박덕은 作 [의미 없는 약속](2019)

자작나무

- 이양자

시베리아 벌판 달리는
횡단열차 안에서
짜릿한 가슴
두근두근 설레던 날

열정 뽐내기나 하듯이
아름드리 우뚝 선 순백의 자태
낭만의 시선으로 바라본다

이른 봄 연초록 새싹 피어나
톱니바퀴 잎사귀는
가을엔 곱디고운 단풍

혹한 이겨내 쭉 뻗은 고고한 맵시
푸른 하늘 향해 기다림의 연속
올곧게 살아온 나무

하얀 몸 수채화 그리듯
호기심 자극하고
심신이 정화된 풍경
이만한 호강이 또 있을까.

박덕은 作 [자작나무](2019)

올겨울 끝자락

- 이양자

매서운 추억도 없이
한 사발 눈도 내리지 않은 채
어느새 겨울 막바지

달콤한 봄의 문턱
정이 흐르는 숲
꽃잎 같은 일상이 피어난다

찬바람에 속저고리 살포시 여미고
움츠려 녹이는 햇살
이렇게 또 계절이 가고 있다

입춘 지나고
말라 버린 나뭇가지 사이
저 너머 겨울
두드려 손짓한다

하얀 설경 위
희미한 그리움 향한
마지막 커피향
폴폴 풍긴다.

박덕은 作 [설경](2019)

설레임

- 이영

햇발이 따스해 화원에 가서
꽃잎 적은 보랏빛 사서
화분에 심어 놓으니
잔잔하고 은은하다
마음이 화사해지고
봄이 집안 가득하다.

박덕은 作 [보랏빛 설렘](2019)

산책길

- 이영

새벽안개 어스름한 산길
쌉쌀한 공기 가슴속에 스며든다
하늘은 은비늘 수놓았다
나뭇잎들은 물감 풀어놓은 듯 아름답다
산들바람은 산들 산들
새들은 찌찌짓 찌찌짓
흙내음은
구수하게 가슴속까지 스며든다
낙엽 푸석해진 길 걸으니
풀내음 향기롭다
굽이굽이 오솔길 오르락내리락
짹짹 꾸룩꾸룩 꿩 푸드득 날아간다
저쪽에서 이쪽에서 숲이 깨어난다
오르는 산길은 연초록 바다,
그 위를 걷고 또 걷는다
건너편 무성한 나뭇잎 사이로
그리움 하나 뚝 떨어진다
어디선가 까치가 후드득 날아간다.

박덕은 作 [산책길](2019)

이준 열사
(이준열사 문학상 수상작)

- 이은정

사랑하다 사랑하다
하얗게 메마른 가슴

대한인의 독립 의지 따라간
길에서
쉼 없이 밀려왔다 밀려간다

수평선 너머로
해무처럼 하염없이 호소하는
그 절박한 눈빛이
하얀 포말로
거칠게 숨을 내쉰다

살을 에는 바람은
그리움도 서러움도 얼려 버리고
모래톱에 깊게 패인 발자국마저
지우며 간다

비워 버린 거기
그곳에는

오롯이 맞잡은 숨결만 가득하다.

박덕은 作 [해무](2019)

봄의 소리

- 이은정

햇살이 너무 고와 바람났다
제 나이도 잊고 퐁퐁 솟아
쿵쾅 쿵쾅 달려온다
꿈틀대는 설레임도 길 붙잡고 나선다
왈칵 쏟아지는 그리움도 따라나선다.

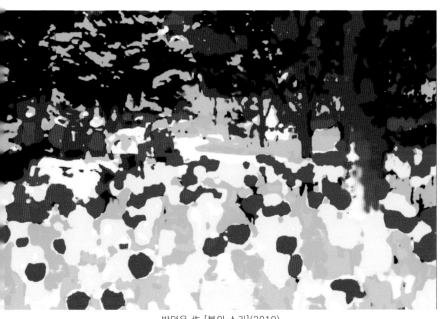

박덕은 作 [봄의 소리](2019)

사랑

(마로니에 백일장 수상작)

- 이인환

어느 날 살포시
가슴 가득 채워 버린
설렘의 소용돌이

수갈래 색깔로 외치는
벅찬 숨결의
쓰린 알림종

세상 움직임까지
깊은 공간에서 실어내어
머물게 하는 휴식처

시시때때로 파고드는
고뇌의
애절한 울부짖음

파도치듯
출렁이는
고독의 함성

정적 깨뜨리며
청각을 뒤흔드는
요란스런 천둥 소리

기뻐도 행복해도
슬퍼도 아파도
오로지 하나

너무나 보고 싶어
미칠 듯 그리워서 움켜쥔
심장의 불꽃

쏟아지는 폭포수에 발 담근 채
타오르는 갈증 멈추고
그리움과 함께하는
어느 숲 계곡의 고요.

박덕은 作 [폭포](2019)

이효석 문학관

(중앙일보 시조 백일장 수상작)

- 이인환

새하얀 영혼 스민 향기가 머무는 곳
한가위 이를 앞둔 연휴에 감동 안고
그 옛날 메밀꽃 추억 가던 발길 멈춘다

새롭게 단장한 집 국화 핀 뜨락에선
떠나간 짧은 생애 못다 한 그리움이
애절한 선율로 남아 물결처럼 흐른다

열정에 향 뿌린 듯 설렘의 오솔길에
순애보 사랑 펼친 그 시절 붉은 연가
아련한 물레방앗간 애달프다 물소리.

박덕은 作 [이효석 문학관](2019)

독도

(독도 문학상 수상작)

– 이혜정

우뚝 솟은 심지에선
바다 이야기가 피어난다

불이 켜지는 순간
해풍의 향기가 몰려오고
할머니의 푸르른 목소리에도
몇 겹의 세월이 담긴다

눈물로 굳힌 암벽에
거센 파동이 느껴지면
닳을 대로 닳은 파도의 길이
바람 속으로 타들어 간다

온몸에 매달린 수많은 비명들
한꺼번에 몰리다 버려져 그림자에 누우면
결박된 고요가 희미하게 흩어지고
빛바랜 기억을 양손 가득 쥐다 멍든다

떨어지는 눈물로 뜨거웠던 하루 하루
옷고름조차 여미지 못한 그날들

철썩철썩 어루만지다
깊게 팬 주름 사이로 흘려보낸다

이리저리 끌려다니느라
하얗게 토해낸 포말은
그저 흘러가다 물결에서 멀어질 뿐

살아 있는 자들의 사연이 녹아내린 수평선
아직도 굳어지지 못한 바위와 바위 사이
파닥이며 차오르는 햇살이 저리 당당하다.

박덕은 作 [독도](2019)

봄꽃

- 이혜정

네가 온다
점점이 수놓아 하얗게
하늘에 촘촘히 매달려
바람까지 머물고 가는 듯
지나가는 발길마저 잡아
수줍은 꽃웃음 날리며

네가 온다
작은 꽃망울로 피어나
이제는 점점 커져 버려
흐드러지게 점점이
마음 가득 너로 물들어 가며.

박덕은 作 [봄꽃](2019)

진해 군항제

- 이희정

꽃구름의 행렬
하늘도
길거리도
환히 덮는다

경화역
끊겨진 철로에 놓여진
기차 앞에는
사진 찍는 길고 긴 줄이
이어진다

보는 것도
보이는 것도
모두 재미 찾기

신종 장사도 등장한다
벚꽃 화관 파는
노점상

꽃잔치 시대를
황홀히 펼친다.

박덕은 作 [군항제](2019)

나무주걱

수많은 손길과
하루 하루의 손자욱이 찍힌
보물들이 열 지어 걸려 있다

크고 작고
길고 짧고
움푹 패이거나
끝이 뭉뚝하게
닳고 닳아

손잡이까지 기우뚱
실끈에
줄지어 매달려 있다

먹고 배불렀던
포만의 날들
여기서 나오지 않았나

하루의 에너지 담으려
만졌던 부엌의
조그만 세간살이

날마다 주었던
많은 사랑이
손자욱으로 남겨져 있구나.

박덕은 作 [나무주걱](2019)

산수유

- 임영희

계절을 조율하는 문턱에
참다못해 내려온 그리움

시간과 거리는 없다
추억 속에 새긴 그 눈빛

꽃수술 목청 세워 떨리는 하모니
그 환희의 나래짓

봄이 오는 소리
사랑이 가는 소리

화려한 발자욱 종종대며
따라온 둘레길.

박덕은 作 [산수유](2019)

개나리

출렁이는 그리움 끌어올려
뜬눈으로 지새우다

싸리 울타리에
지친 몸 기대어

따스한 속정으로
노랗게 웃고 있는 얼굴

서두르지 말고 느슨히
살아가라

음률 따라 부르는 노래
이리저리 맞춰 보며

시도레 레시도
되돌이표.

176

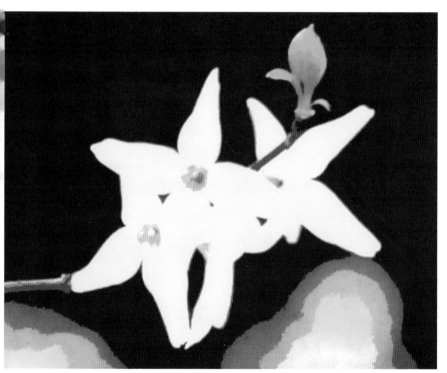

박덕은 作 [개나리](2019)

여우비

- 장만수

흰 먼지 닦아내다가
심술났나 봐
여행길 막아서더니
가을 햇살까지
우적우적 먹어 치운다.

박덕은 作 [여우비](2019)

고속도로

- 장만수

아릿한 시어들이 콕콕콕 가슴 찔러
핸들도 숨죽이며 초조히 달려가니
별빛의 낭만 소리가 쏟아져서 달랜다.

박덕은 作 [고속도로](2019)

판문점의 봄

(한민족문예제전 통일부장관상 수상작)

- 장헌권

겨울 지난 나뭇잎
길고 음침한
봄이 누운 산허리에
꽃망울 터지는 화사한
봄이 얼마만인가

그동안 거세당한 평화는
속삭이듯 속내 들키지 않게
처절한 그리움이
모진 바람에도 가녀린 몸짓으로
다시 일어나는 생명꽃

평창에서 싹튼 평화의 꽃씨
이제 봄풀의 설렘으로
가슴속 품고 있는 미움의 칼 내려놓고
마주잡은 뜨거운 손
합장하여 한반도에서 활짝 꽃망울 터진다

백두와 한라의 흙
한강과 대동강의 물

하나되어 평화가 넘실거리고
여린 통일 나무 꿀떡꿀떡 들이킨다

낫낫한 도보다리 대화
화해의 꽃
민낯으로 서로 속살을 보여주는
영혼의 울림이
하늘도 새도 흐뭇하구나

웃음꽃 나누며 서로 마주잡은 손
서로 이끌며 군사분계선 넘나들이하니
평화꽃 활짝 피어 얼싸안고
통일 춤추리라.

박덕은 作 [판문점의 봄](2019)

나의 고향 진도
(2018년 진도문학상 수상작)

- 장헌권

바스락거리는 가을
잔잔한 바다 위 점점이 흩뿌려져
사랑 노래 부르는 섬

울돌목 바닷길
명량해전 꿋꿋이 외로움 감춘 채
격정의 찬란한 자태가 비상하는 섬

울긋불긋 그리움 흐르는
쌍계사 향나무에 기대어
화선지에 고향 산천
담아 온 소치
달처럼 보드라운 화백의 섬

시나위 가락 자진모리로
능청능청 휘감기다
신이 나서 왈칵 쏟아져 나오는 듯
달콤함으로 서로 얼싸안고 춤추는
소리꾼의 섬

맛깔스런 돈지 장날
느릿느릿 기름진 흙 밟으며
구수한 진도 사투리에
화끈한 홍주 한 잔으로 정다운 안부와
너털웃음 부둥켜안아 보는
살가운 섬

허전한 마음과 움츠렸던 수줍음
달래주고
낫낫한 말귀 알아차리는
백구가 꼬리 살래살래 흔들며 다가오는
사랑의 섬.

박덕은 作 [진도](2019)

반추

- 전숙경

넓은 길 내주고
들녘 한 켠에
가냘프게 서 있는
<u>코스모스</u>

옹기종기
색색으로
이쁜 마음 주며

하늬바람에
가녀린 자태
꼿꼿이 서서

청순함을
잃지 않으려
애쓰는구나

깊어져 가는
가을 속에서도
옆 친구들 하나둘
떠나가는데

늦가을 문턱에서
피어나
눈서리 내리는
날까지

도대체
누굴 기다리나.

박덕은 作 [코스모스](2019)

그 사랑

- 전숙경

꽃향기에
나를 묻고
자취 없는 길 거닌다

소박했던 청춘도
기억 속에 남기고
뒤안길 걷는다

진한 향기
스쳐간 자리에
쪼개진 사랑은
담아내기 어렵고

비우는 마음으로
길을 안내한다

꽃봉우리 화알짝 터뜨려
미소를 보낼 때
아픈 웃음 함께 보낸다

걸음 걸음이

추억의 사랑
재촉하며 걷는다.

박덕은 作 [꽃길](2019)

고백

- 전예라

터벅거리는 시간
보듬은 채
걸어가는 그 자리

웃자란 햇살처럼
홀로 영근 사연 앞에
가만히 터지는 향내음

핑그르르 그리움 모아
오늘만큼은
그 그물에 걸려들고 싶어라.

박덕은 作 [그 자리](2019)

봄이 오는 길목에서

출렁이는 가슴에
찬바람 보듬고
날개 펴는 철새들

저 겹겹의 능선마다
골골이 채워진 추억
재잘재잘 행과 열을 맞추고 있다

향취 배인 그곳으로 돌아가야만 한다는
자들의 소리
가만히 눌러둔 마음 둑
울렁이다 잔잔해져 간다

투명한 빛 덧칠한 하늘길
이정표 아래 물씬한 그리움이
우뚝 서 있다.

박덕은 作 [봄이 오는 길목](2019)

낙엽

기나긴 한숨 쉴 틈 없이
생을 다한 가을잎

고통도 있었건만
바람결에 몸 맡긴다

겨울 재촉하며
몸 맡겨 흩어진다

뒹굴며 뒹굴며
상념의 옷 벗는다.

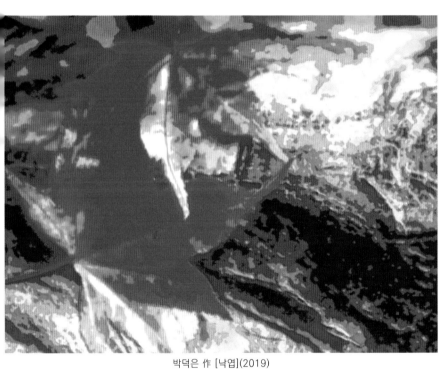

박덕은 作 [낙엽](2019)

억새

바람 불어오니
비단처럼 부드러워

흰 옷 나불거리며
꺾일 듯 꺾일 듯

춤추며 바람이랑
방향 같이한다

조심스레
어깨동무하고서

바람 부는 대로
같이 움직인다.

박덕은 作 [억새](2019)

하늘 그 아래 살며시 보낸 날

- 정순애

닿을 듯 말 듯
조각조각 흩어진 지난날
이리저리 모읍니다

오랜 손길로 해져
벗겨져 버린 상흔마저도
감싸 안으며 덧칠합니다

가슴 파고들어 쌓인 그리움
돋아나게 할지 모른 뭉클함도
차곡차곡 쌓아 둡니다

허기진 마음 밤새도록
떠날 차비 하려던 시간마저 돌아오도록
바람결에 부탁합니다

모두 모인 하나의 추억 속 빈 틀에
쌓여 가는 깊이를 만지며
쓰윽쓱 묻은 먼지 닦아 줍니다

떠돌이 되어 초승달 머금고

걸어가는 이 길이 어둡지 않음은
붙잡아 둔 날들이 함께하기 때문인가 봅니다.

박덕은 作 [초승달](2019)

홍매의 연인

새벽 터널 누리는 안개 뚫고 나와
하얀 미소로 다가서는
당신

기다림으로 수놓은 그 길에서
마른 가지 끝자락 홀로 기대다
야윈 몸에 걸친 누더기 벗어 버리고
수줍음 가득한 선 드러내는
당신

웃는 듯 머금은 청초한 눈빛
와인 한 잔 마신 듯 붉어진 몸짓 위에
겹겹 쌓여 간 사랑이 붉게 타 버릴 것 같아
감추려는 듯 살포시 감싸 주는
당신

바람에 이끌려 돌담으로 흘러가는 시간
벌벌 떨며 새어 나오는 거짓된 마음도
구멍나 허기진 사이 비집고 들어오는
바람마저 안아 주는
당신

200

부끄러운 눈빛으로 힐끔 쳐다보며 비친 모습
애닲게 기다림을 배우게 하고
누가 뭐라든 굳건히 함께하며
오늘도 곁에서 환하게 웃어 주는
당신.

박덕은 作 [홍매화](2019)

눈꼽

- 정연숙

만지면 터질까 캄캄한 밤에도
떠받치며 누워

꼭 그렇게 흐르다 말고
먼지도 눈물도 혼자 껴안는다

소리 없이 앓다가
밤새 조용히 한쪽으로만 몰아넣는다

빨갛게 줄이 간 눈빛
뒤로한 채 문을 닫는다

질퍽거리는 길들이 내리는
사이 사이

첫정으로 와서
뽀얗게 쌓이고 만다

달라붙은 그 속에서
풀고 두드려

마름모 꼭지점으로 나란히 와서
몇 번이고 굴리다 뒤집으며 서성인다

때로는 고집이 말라붙게 올라와
살살 풀먹인다

차마 한 번에
깎아 내리지도 올리지도 못하여

다시 감싸 눈가죽으로 스며 나올
그때를 눌러 기다린다.

박덕은 作 [한밤중](2019)

벌집

- 정연숙

두 눈 감고 비비면
발끝까지 빨려들어 간
까마득한 빛이 가로로 아롱지고
밀랍으로 생을 나타내
함께하며 선을 긋는다
속삭이는 소리에 길을 찾아보고
뛰쳐나가도 돌아와야 할 내 안의 깊은 곳.

박덕은 作 [벌집](2019)

누구일까

-정옥남

긴 머리에
짧은 치마
예쁜 모자를 쓴
생기발랄한 아가씨가
마주보고 걸어온다

멀리서 미소 짓고
무슨 말인가
중얼거리며
사뿐거린 발걸음이
마치 봄이 오는 소리 같다

아는 사람일까
가까이 올 때까지
시선이 마주치기를
기대하고
눈을 떼지 못한 채
기다리며 서 있다

그냥 스쳐지나간다
시선을 허공에 매단 채

입은 계속
말이 이어지고

모자에 가려진 귀
주머니 속 핸드폰과
이야기 나누며
걷고 있다

그 뒷모습에
허전한 봄바람이
소리내어 웃는다.

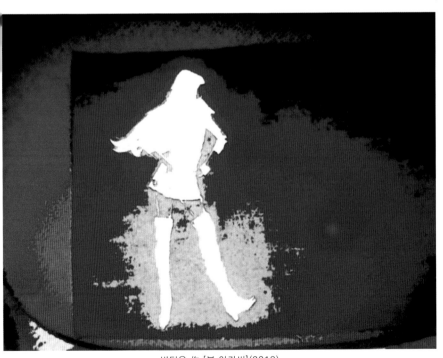

박덕은 作 [봄 아가씨](2019)

바람

- 정옥남

천개의 얼굴
허공을 난다
고향은 어디이며
어디로 가는 걸까

바다에서는
등에 업은
풍랑의 발걸음

풀숲에서는
흔적 남기고
흔들거리는 손짓

아파트 숲 사이로
산과 들을 넘어
자유로운 몸

날개 달고
정처 없이 국경도 넘는
평화주의자

마음속에 이는
싱그러운
열망의 바람

그리움 싹 틔워
퍼 올리는
사랑의 샘물

벚꽃 닮은 바람의 빛깔만
시린 가슴에 물드는
베르테르의 편지.

박덕은 作 [낙화](2019)

나무
(산림문화 문학상 수상작)

– 정은희

세찬 비바람 속에서
나무는 침묵한다

옹이진 기억들을 끌어안고
매서운 고독을 견딘다

수없이 많은 낱말들을
매달고 서 있는 나무
천천히 낱말들을 삼키면
문장으로 이어진 잔가지가 보인다

어느 것 하나 겹치지 않고
버릴 것 없이
독창적인 문장들
흙빛 물빛 하늘빛 머금고 쑥쑥 자라난다

어느새 문장은 길이 된다
나무는 끝없이 길을 만든다
몸에 무수한 길을 내면서도
걷지 않는 나무

늘 제자리에 서서
오늘처럼 비바람이 몰아치는 날엔
시를 쓴다.

박덕은 作 [나무](2019)

우리 집에서 제일 무서운 건

(동서문학상 맥심상 수상작)

-정은희

온종일 같은 소리로
날마다 제자리만 돌아도
겨우 숫자 몇 개 알면서

알람 소리로
아빠 벌떡
일으키고

아침마다
시간 좀 보라고
엄마 혼내 주고

나까지
시간표 속에
꼭꼭 가두려고 하는
시계.

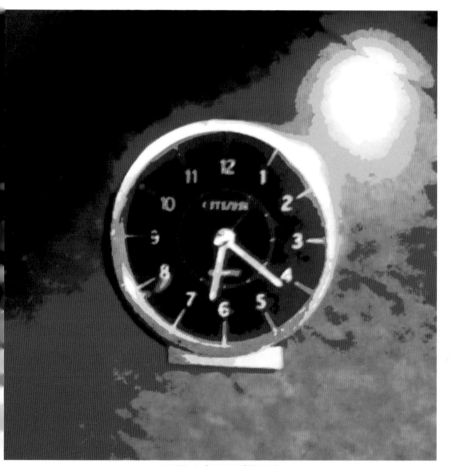

박덕은 作 [알람시계](2019)

이준 열사

(이준열사 문학상 최우수상 수상작)

- 정주이

겹겹이 닫아 버린 어둠 헤치고
희생 정신과 불굴의 용기
활활 태워
국운을 지켜내는 강인함이여

피와 같은 시간들 탄식하며
가슴벽에 꽂은
성스런 깃발들이여

엇갈리는 억겁의 세월로
통곡하며
물컹해진 흉터 쓸어안는다

얽히고설킨 매듭은
들숨 날숨의 경계 넘나들고
그 고통의 깊은 강 건너
굽이치는 물살 디디고 일어선다

바람에도 휘지 않은 몸부림
붉은 외침으로 끌어당기면

마지막 정열 뿌리 깊이 묻는다

정결한 몸짓으로
빚어낸 영혼은
천년의 꿈을 흑백으로 수놓고

잠든 넋 깨우는
헤이그 염원이 꿋꿋이
침묵의 빛 응시하고 있다.

박덕은 作 [깃발](2019)

미투

(영랑 백일장 최우수상 수상작)

- 정주이

댓잎에 씻겨진 바람이
겨드랑 사이로 파고들어 와
까칠한 마음 휘젓고 있다
세월의 깃털 속에서
얼룩진 아픔이 메아리로
돌돌 말아 수줍음 쓸어 담는다
가슴에 피어나는 숨결이
고개 내민 채
터질 듯한 마음 부여잡고
헐렁한 아픔 벗어버린다
바람 한 점에도 꿈틀대는
고독이 한 토막 떫은 마음
달래고 있다
돌아누운 웅크린 감성이
지독한 몸살로 파닥이다
나지막이 목마름 토해낸다
날카롭게 쪼아대는 끈적함은
파랗게 쏟아 버린 고백을
가슴벽에 꽂아 놓고
질척한 심장 밑까지

기어들어 온 상흔 조각들
아직도 설움에 울컥거린다.

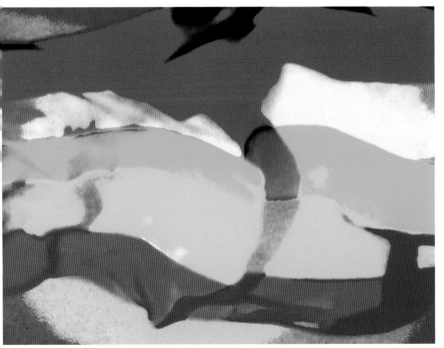

박덕은 作 [미투](2019)

벚꽃

– 조정일

취한 듯
여백 위에 누우면

수줍은 꽃잎이
살포시 앉는다

서서히 숨은 가빠오고
얼굴은 붉어지는데

터질 듯한 가슴 위를
현란한 춤사위로
하늘 감돌아 안겨 온다

스르르 눈 감으면
가벼이
입술 터치하는
달콤함에

온몸이
부르르 떤다.

218

박덕은 作 [벚꽃](2019)

새벽달

어느 창문을 열고 나왔을까
희뿌연 얼굴로 떠 있다
헐떡이는 가쁜 숨을 참으며
아파트 난간 짚고 서 있다
펄펄 날던 그 신선함과
엉덩이 휘두르던 그 요염함은
다 어디로 갔을까

이른 새벽 밖으로 나와
찬 공기를 담배와 말아먹은 구부정한 기침 소리
서리 되어 나뭇잎에 초롬히 걸쳐 있다
늘어진 고무줄이 힘없이 내려가고
지팡이에 의지하는 삭신은 주저앉는다
무심히 달을 쳐다본다
고향 돌담길 소꿉질하던 소녀가 웃는다
잊혀진 사연들을 배시시 물고 나오면
쑥스럽게 짓는 반가움
긴 한숨이 묻어 버린다

희불그스레함이 서서히 밀려온다
긴 밤 달구어졌던 열기는 밀려나고

처진 어깨가 파도에 스러져 가면
물그림자도 희미하게 지워져 간다.

박덕은 作 [새벽달](2019)

치매

- **최기숙**

오늘은 참
햇볕이 따스하다

나는
사랑한다

어린아이로 간
순수성

한없이
사랑한다

피다 멈춘 꽃들도
사랑한다

쪼그라진 외로움도
사랑한다.

박덕은 作 [치매](2019)

여전사의 휴식

- 최기숙

해질녘
금성산 자락
숲속의 집들은
왜 이리 아름다울까

문득
헬렌 켈러의
소원 한 구절 떠오른다
'3일 동안만 볼 수 있다면'

정말
눈물나게
아름답다

9개월의
'콩나물 그리기'
님들이 이루어 낸
관현악단들의 합주

먼 이국에서의
친구 염려와

사랑 메시지

이
낮고 부드러운
음악

모두
행복으로
날 울게 만든다

모처럼의
휴식처럼.

박덕은 作 [헬렌 켈러](2019)

봄비

- 최비건

낮부터 밤 깊도록
헌 지붕 위로
비는 자분자분 내린다

뜨문뜨문 선잠으로
내다본 창밖
나에게도 살포시 뿌리고 지나간다

밤새 놀아 주더니
아침 동이 트자
이내 사라져 버린다

언제부터인가
비가 좋아지기 시작했다
구질구질하다며
질퍽거린다며
곧잘 눈 흘기곤 했는데

변덕쟁이처럼
좋아했다
싫어했다

버스정류장에서
하늘을 쳐다본다
올 건지 말 건지
습관처럼 일기를 쓴다.

박덕은 作 [봄비](2019)

이제는

- **최비건**

저만치
바람이 분다

이대로라면
곧 개나리 피겠지

옷깃 여미어
길 나선다

마음문 열어
기다림을 맞이한다

천지사방
봄바람이 불어온다.

박덕은 作 [개나리](2019)

부활-이준 열사를 기리며

(이준열사 문학상 수상작)

- 최세환

삼베옷 걸친 누에는
실을 뽑다 안방으로 모여든다
회오리치는 일장기
총은 불을 토하고 칼은 후려진다

손 발 묶인 땅과 바다
걸음 멈추고
어깨 파고든 멍에
슬픈 그림자 드리우며
하늘은 목을 꺾고 피 같은 비를 뿌린다
한 사나이 심장에 태극기 꽂고
사립문 지키는 용의 머리카락 날린다

댓님 묶은 버선발
이국땅 가는 곳마다
철책에 막히고 가시에 찔린다
슬픔과 분노의 각혈은 시작된다

죽음 앞에서도
조국의 씨앗 품고 밭을 갈며

다시 일어나라
다시 꽃피어라
울밑으로 맴도는 혼으로
하늘의 불꽃 움켜쥔 손 땅에 묻어
무궁화꽃으로 활짝 피어나라.

박덕은 作 [무궁화](2019)

불갑산 불갑사

(영광불갑사 상사화 축제 수상작)

– 최세환

가릉빈가 춤을 춘다
꽃대에 핀 꽃 붉은 가사 발 디딤새 곱디곱다
시월의 파랑은 바다며 산은 빨갛다

서해를 헤엄쳐 온 불심
해송 숲 사이 울부짖는 노을 부둥켜안고
달이 지구를 만지듯
우주가 허공을 만지듯 눈에 품으니
물고기 파도 노래하던 칠산바다
파랑 음역대의 목소리
불갑제 넘어오다 사라지고

불갑산 코끝 연실봉에 매단 발그레한 날개
절 마당에 접고 고상고상 춤을 준비한다
빨긋빨긋하게 굳은 알 수 없는 넓이의 경전
부드럽게 튀어나와 새빨갛게 피어난 산
뒤늦게 꽃대에 달린 파란 잎의 푸른 숲
불그죽죽 피어난다
속세의 손톱에 분홍색 바른다고 어깻죽지 내려치는 죽비
해질녘 처마밑 풍경 소리 입술 타고 번지는

오도송 가락
벌겋게 태양의 선혈을 뿌릴 때 두 손 모은다

항상 눈 뜨고 깨어서 마음 보라며
사라졌던 아침 이슬 먹은 목소리 찾아왔다
깨우침 바라는 운판
낭창낭창 몸 물결 솟구칠 때
하나하나 뽑아 던진 비늘 종이처럼 부서져
흩어지며 피는 꽃 빨갛고 산은 빨긋빨긋
목어 비늘 새빨갛게 태운 시월의 상사화.

박덕은 作 [불갑사](2019)

낙화

- 최승벽

살갗과 살갗 부비며
순백의 눈 쌓이듯

봄바람 살랑거리는
미소 떠오를 때쯤

진흙길 핏줄처럼 이어져
외로운 비탈길

길게 늘어서 살가운 빛
젖는 계단의 꼭대기에서

보일 듯 말 듯
읽어야 할 페이지

아직 많이 남아 있는데
저리 흩어져 흘러간다.

박덕은 作 [낙화](2019)

노을

- 최승벽

구름과
어깨 나란히

평화로이 누워 있는
섬

한 폭의 그림
벗삼아

눈으로 새기고
입으로 마시는

붉은
열정.

박덕은 作 [노을](2019)

변신

- 현부덕

두 살 아래
노영감이 놀려도
그는
사람 좋은 웃음을 얼굴 가득 지으며
열두어 살 때 정처 없이 떠돌다
이 마을에 들어온 그때의
순박한 얼굴로 돌아가곤 했다

그 가슴에
어느 날부터인가 잘 갈아진 비수가
숨어 있는 줄 자신도 몰랐다
눈치볼 것 없이
자연스럽게 싱글벙글 방월이가 되었다

인상 좋고 붙임성 있고
부지런하여 손발 부르트게 머슴 살고
품팔이하며
산어귀 상엿집 옆에
오두막을 지었을 때는
땅을 치며 울었다

그보다 더 불쌍한 처녀를
밤실이라는 동네에서 데려와
장가든 날은
덩실덩실 춤을 추었다
이후 방월이는 밤실 양반이 되었다.

박덕은 作 [저 하늘처럼](2019)

밤실 양반

- 현부덕

밤실 양반은
똥이란 똥은 다 걷어와
외얏고개를 똥고개로 만들어 버렸다

야산을 일구고 한 마지기 두 마지기 사 모은 땅이
논 열 마지기와 밭이 이천 평이 되었다

아들 둘 딸 둘 학교 잘 가르치고
시집 장가 보내고
아내 하나 얻어 허리 좀 펴고 살게 되었다

어느 날 갑자기
복덕방 영감들이 오가더니
땅값이 정신없이 오르기 시작했다

잠자고 일어나면 땅 팔라고 난리들이고
너무 정신이 없었던 탓인지
밤실 양반은 덜컥 병이 나서
손쓸 틈도 없이 한 달 만에 죽고 말았다.

240

박덕은 作 [인생 무상](2019)

이준 열사

(이준열사 문학상 수상작)

- 황귀옥

어릴 적 고아 되어 조국을 부모인 양
일진회 항일 투쟁 올곧은 님의 일념
나라님 애국투사도 높은 기상 감복해

품은 뜻 펼치고자 타향땅 이역만리
외로움 끼니 삼아 심장 속 깊이 깊이
새겨진 불굴의 용기 혼불 밝혀 전했다

설립한 보광학교 실천한 야학 제도
만방에 널리널리 봉화로 타올라서
우리들 가슴속에서 영원토록 머문다.

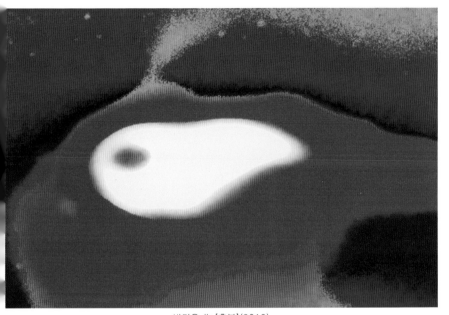

박덕은 作 [혼불](2019)

뜨개질

구불텅한 길
새로운 문장으로 걷는다

쉼 없이 작은 구멍 들락거리며
이야기 물어 나른다

이파리 파르르 떨고
꽃송이도 수줍게
미소 짓는다

낯선 길 들어서다
길 잃고 헉헉
풀리지 않는 매듭 앞에
끙끙

꿈틀대는 설렘 앞세워
퍼즐 같은 시어들
한 땀 한 땀 엮어나간다.

244

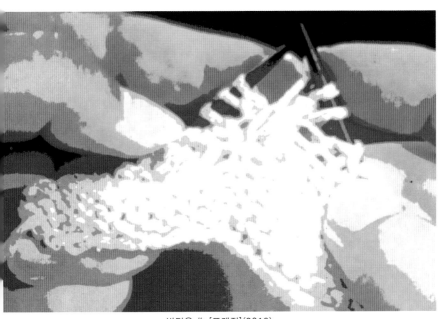

박덕은 作 [뜨개질](2019)

노부부

- 황애라

아파트 보도 위를
옛정이 걷고 있다
남편은 지팡이를 짚고
아내는 목에 핸드폰 줄을 하고
아장아장 아이처럼 걷고 있다
가만가만 키 작은 대화를 나누며

잎들은 푸르고
정담은 하늘하늘 걷다가
나무 옆 벤치 위에
사뿐히 앉는다
이파리들은 그 옆에서
살랑거리고 있다.

박덕은 作 [노부부](2019)

옷장 정리

- 황애라

주인 손 타지 못해
한 해 넘긴 미련처럼

버려야 하지만
내려놓지 못한 것들

옷걸이에 걸린 옷처럼
누군가의 짐이 된 적은 없었는지

새벽 기다리는 달빛처럼
어디쯤 서성대지는 않았는지

옷걸이의 옷 내리면서
오래된 것들 정리한다.

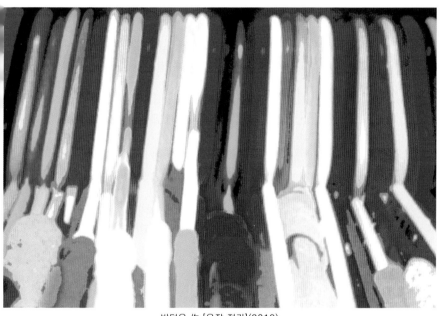

박덕은 作 [옷장 정리](2019)

문학박사 박덕은 (닉네임 : 낭만대통령)

전남 화순 출생

문학박사, 전 전남대학교 교수, 국어국문학과장 역임, 한실문예창작 지도 교수, 아프리카TV BJ, 〈중앙일보〉 신춘문예 문학평론 당선, 〈창조문학신문〉 신춘문예 시 당선, 〈광주일보〉 신춘문예 동화 당선, 〈사이버 중랑〉 신춘문예 시 당선, 항공 문학상 수상, 여수해양 문학상 수상, 경기수필 문학상 수상, 우리숲 문학상 수상, 부산진시장 예술제 문학상 수상, 생활문예대상 수상, 안정복 문학상 수상(제1회), 전라남도 문화상, 한국아동문예상, 광주문학상(제1회), 계몽사 아동문학상 수상, 하운 문학상 수상(제1회), 지구사랑 문학상 수상, 한화생명 문학상 수상, 시집으로 〈당신〉, 〈나는 매일 밤 바람과 함께 사라진다〉 등 23권, 문학 이론서로 〈현대시 창작법〉 등 12권, 아동 문학서로 〈살아 있는 그림〉 등 10권, 교양서 〈세계를 빛낸 사람들〉 시리즈 등 64권, 번역서로 〈소설의 이론〉 등 6권, 소설집으로 〈금지된 선택〉 등 7권, 건강서 〈비타민과 미네랄, 그리고 떠오르는 영양소〉 등 5권, 총 저서 125권 발간.

해학, 위트, 유머, 재치가 넘치는 지도 교수 박덕은 시인의 삶은 열정과 신념으로 가다듬은 125권의 저서에서 다채로운 향기를 풍기고 있다. 그리고 그 향기에 취한 '시를 사랑하는 사람들'과 함께 늘 시심을 가다듬기에 여념이 없다. 시를 쓰며 문학을 사랑하며 자신이 택한 길을 올곧게 달려가고 있는 그는 현재 서울을 비롯하여 광주, 나주, 곡성뿐만 아니라 미국, 베트남, 일본, 앙골라, 두바이, 캐나다 등까지 시향을 펼치기 위해 오늘도 정성과 최선을 다하고 있으며, 아프리카tv "낭만대통령의 문학토크"(1,000회 돌파)를 통하여 350여 명의 작가 배출, 460여 개의 전국구 문학상 수상 등의 알찬 열매를 거두고 있다.

의자

★상록수 백일장 장원 수상작

– 박덕은

재개발을 앞둔 밤골마을
억척스러움 뒤로하고
이제는 서두를 것 없는 한 생이
골목에 나앉아 있다

철거될 집을
아슴아슴 바라보는 눈빛 때문에
오후가 과묵하다
모든 걸 다 불태운 후에야
비로소 사랑할 수 있다는 듯
주저 없이 길에 오른 마음

앙상한 네 개의 다리를 기웃거리는 바람은
사연 많은 자국들에 귀기울이느라 고요하다
분주하게 끌려다니느라
휘청거리는 일상도 시들어
더이상 없다

늦은 귀가로
허기진 하루를 품어주느라 해진 무릎,

이제는 마음이 외져 아슬아슬한
길고양이 같은 영혼들을 다독인다
한평생 저릿저릿한 아픔 감싸 주며
남몰래 눈물 흘리는 어머니처럼

부러진 나뭇가지같이 금이 간 등받이에는
아버지의 발자국 소리가 배어 있어
지나가는 사람은 자신도 모르게 몸을 낮춘다
그 틈새에서 새어 나오는 온기가 따뜻하다

남겨진 유물은 경건하다
긴 시간 담금질하며
온몸으로 써 내려간 잠언서 같은 것

저녁은 헐거워지는데
가로등 불빛으로 환한 문장들
그 낭랑한 울림으로
담장 밖으로 뻗어간 휴식은
저리 소담하게 꽃망울을 엮고 있다.

박덕은 作 [의자](2019)

〈박덕은 프로필〉

* 시인
* 소설가
* 문학평론가
* 희곡작가
* 동화작가
* 수필가
* 시조시인
* 동시인
* 사진 작가(270점 전시회)
* 화가(900점 전시회)
* 전남대학교 문학석사
* 전북대학교 문학박사
* 전남대학교 교수 역임
* 전남대학교 국어국문학과장 역임
* 한실문예창작 지도 교수
* 박덕은 예술관 관장
* 박덕은 문학관 관장
* 한국시연구회 이사
* 한국아동문학 동화분과위원장
* 향그런 문학회 지도 교수
* 부드런 문학회 지도 교수
* 둥그런 문학회 지도 교수
* 푸르른 문학회 지도 교수
* 포시런 문학회 지도 교수
* 탐스런 문학회 지도 교수
* 온스런 문학회 지도 교수
* 꽃스런 문학회 지도 교수
* 꿈스런 문학회 지도 교수
* 예스런 문학회 지도 교수
* 참다운 문학회 지도 교수
* 바로 문학회 지도 교수
* 중앙일보 신춘문예 문학평론 당선
* 전남일보(現: 광주일보) 신춘문예 동화 당선
* 창조문학신문 신춘문예 시 당선
* 사이버 중랑 신춘문예 시 당선
* 시문학 시 추천 완료
* 문학공간 소설 추천신인상 수상
* 문학세계 희곡 신인문학상 수상

* 아동문예 소년소설 신인문학상
* 문예사조 수필 신인문학상 수상
* 시와 시인 시조 청학신인상 수상
* 아동문학평론 동시 신인문학상
* 아동문학 동시 신인문학상 수상
* 문학공간 본상(장편소설) 수상
* 항공 문학상 우수상 수상
* 여수해양 문학상 수상
* 하운 문학상 수상(제1회)
* 계몽사 아동문학상 수상
* 한국 아동 문화상 수상
* 한국 아동 문예상 수상
* 아동문예작가상 수상
* 광주문학상 수상(제1회)
* 전라남도 문화상 수상
* 생활문예대상 수상
* 지구사랑 문학상 수상
* 한화생명 문학상 수상
* 경기 수필 문학상 수상
* 우리숲 이야기 문학상 수상
* 부산진 시장 문학상 수상
* 이준 열사 문학상 수상
* 안정복 문학상 은상 수상(제1회)
* 독도 문학상 수상
* 한민족문예제전 최우수상 수상
* 공주 시립도서관 문학상 수상
* 아리 문학상 수상
* 인문학 문학상 수상
* E마트 문학상 수상
* 샘터 시조 문학상 수상
* 고성 디카시 문학상(제1회)
* 기록사랑 백일장 금상(시) 수상
* 상록수 백일장 장원(시) 수상
* 박용철 백일장 특선(시) 수상
* 박용철 백일장 특선(수필) 수상
* 서래섬배 백일장(시) 수상
* 만해 한용운 백일장(시조) 수상
* 김영랑 백일장 대상(시) 수상
* 밀양아리랑 백일장 장원(시) 수상

* 문학이론서 현대시창작법 등 16권
* 시집 당신 등 23권
* 소설집 황진이의 고독 등 7권
* 아동문학서 살아 있는 그림 등 10권
* 번역서 철학의 향기 등 6권
* 교양서 마음을 비우는 지혜 등 57권
* 건강서 미네랄과 비타민 등 5권
* 총 저서 125권 발간

〈박덕은 문학 이론서 발간 현황〉

제1문학이론서 〈현대시창작법〉
제2문학이론서 〈현대 소설의 이론〉
제3문학이론서 〈문학연구방법론〉
제4문학이론서 〈소설의 이론〉
제5문학이론서 〈현대문학비평의 이론과 응용〉
제6문학이론서 〈문체론〉
제7문학이론서 〈문체의 이론과 한국현대소설〉
제8문학이론서 〈한국현대소설의 이론과 적용〉
제9문학이론서 〈시의 이론과 창작〉
제10문학이론서 〈해금작가작품론〉
제11문학이론서 〈디코럼 언어영역〉
제12문학이론서 〈논술 고사 정복〉
제13문학이론서 〈심층면접 구술 고사 정복〉
제14문학이론서 〈동글파 언어영역〉
제15문학이론서 〈논술교실〉
제16문학이론서 〈꿈샘 논술〉

〈박덕은 시집 발간 현황〉

제1시집 〈바람은 시간을 털어낸다〉
제2시집 〈거시기〉
제3시집 〈무지개 학교〉
제4시집 〈케노시스〉
제5시집 〈길트기〉
제6시집 〈갇힘의 비밀〉
제7시집 〈소낙비 오는 정오에〉
제8시집 〈자유人.사랑人〉
제9시집 〈나찾기〉
제10시집 〈지푸라기〉
제11시집 〈동심이 흐르는 강〉

제12시집 〈자그만 숲의 사랑 이야기〉
제13시집 〈사랑한다는 것은〉
제14시집 〈느낌표가 머무는 공간〉
제15시집 〈그대에게 소중한 사랑이 되어·1〉
제16시집 〈그대에게 소중한 사랑이 되어·2〉
제17시집 〈둥지 높은 그리움〉
제18시집 〈곶감 말리기〉
제19시집 〈사랑의 블랙홀〉
제20시집 〈나는 그대에게 늘 설레임이고 싶다〉
제21시집 〈내 가슴이 사고 쳤나 봐〉
제22시집 〈당신〉
제23시집 〈나는 매일 밤 바람과 함께 사라진다〉

〈박덕은 소설집 발간 현황〉

제1소설집 〈죽음의 키스〉
제2소설집 〈양귀비의 고백〉(풍류여인열전·1)
제3소설집 〈황진이의 고독〉(풍류여인열전·2)
제4소설집 〈일타홍의 계절〉(풍류여인열전·3)
제5소설집 〈이매창의 사랑일기〉(풍류여인열전·4)
제6소설집 〈서울아라비아나이트〉
제7소설집 〈금지된 선택〉

〈박덕은 번역서 발간 현황〉

제1번역서 〈소설의 이론〉
제2번역서 〈철학의 향기〉
제3번역서 〈사랑하는 사람 가슴에 심어주고픈 말〉
제4번역서 〈철학자의 터진 옷소매〉
제5번역서 〈세계 반란사〉
제6번역서 〈한국 반란사〉

〈박덕은 아동문학서 발간 현황〉

제1아동문학서 〈살아있는 그림〉
제2아동문학서 〈3001년〉
제3아동문학서 〈무지개학교〉
제4아동문학서 〈동심이 흐르는 강〉
제5아동문학서 〈곶감 말리기〉
제6아동문학서 〈서울 걸리버 여행기〉 261
제7아동문학서 〈돼지의 일기〉
제8아동문학서 〈해외 신화〉

제9아동문학서 〈마녀 헤르소의 모험〉(1권)

제10아동문학서 〈마녀 헤르소의 모험〉(2권)

〈박덕은 교양서 발간 현황〉

제1교양서 〈해학의 강〉

제2교양서 〈바보 성자〉

제3교양서 〈미네르바의 부엉이는 황혼녘에 날은다〉

제4교양서 〈멋진 여자, 멋진 남자〉

제5교양서 〈우화 천국〉

제6교양서 〈나만 불행한 게 아니로군요〉

제7교양서 〈나만 행복한 게 아니로군요〉

제8교양서 〈나만 어리석은 게 아니로군요〉

제9교양서 〈행복한 바보 성자〉

제10교양서 〈느낌이 있는 꽃〉

제11교양서 〈흔들림이 있는 나무〉

제12교양서 〈사랑하는 사람 가슴에 심어주고픈 말〉

제13교양서 〈철학의 향기〉

제14교양서 〈철학자의 터진 옷소매〉

제15교양서 〈창녀에서 수녀까지, 건달에서 황제까지〉

제16교양서 〈무희에서 스타까지, 게이에서 성자까지〉

제17교양서 〈사랑의 향기〉

제18교양서 〈황제 방중술〉

제19교양서 〈우리 역사의 난〉

제20교양서 〈명작 속 명작〉

제21교양서 〈쉽고 재미있는 철학 이야기〉(1)

제22교양서 〈쉽고 재미있는 철학 이야기〉(2)

제23교양서 〈쉽고 재미있는 철학 이야기〉(3)

제24교양서 〈역사 속 역사〉

제25교양서 〈세계 반란사〉

제26교양서 〈한국 반란사〉

제27교양서 〈행복을 위한 작은 책〉

제28교양서 〈세계 명사들의 러브 스토리〉

제29교양서 〈나의 가장 소중한 사람에게〉

제30교양서 〈세계를 빛낸 과학자〉

제31교양서 〈세계를 빛낸 정치가〉

제32교양서 〈세계를 빛낸 명장〉

제33교양서 〈세계를 빛낸 탐험가〉

제34교양서 〈세계를 빛낸 미술가〉

제35교양서 〈세계를 빛낸 음악가〉

제36교양서 〈세계를 빛낸 문학가〉

제37교양서 〈세계를 빛낸 철학가〉

제38교양서 〈세계를 빛낸 사상가〉

제39교양서 〈세계를 빛낸 공연가〉

제40교양서 〈해외 신화〉

제41교양서 〈읽으면 행복한 책〉

제42교양서 〈세기의 로맨스.1〉

제43교양서 〈세기의 로맨스.2〉

제44교양서 〈세기의 로맨스.3〉

제45교양서 〈세기의 로맨스.4〉

제46교양서 〈우리 명작 50선〉

제47교양서 〈세계 명작 50선〉

제48교양서 〈이솝 우화〉(공저)

제49교양서 〈나는 화려한 물음표보다 정직한 느낌표를 만드는 사람이 더 좋다〉

제50교양서 〈신은 우리의 키스 속에도 있다〉

제51교양서 〈대학가의 해학퀴즈 모음집〉

제52교양서 〈뽕따일보〉

제53교양서 〈도토리 서 말〉

제54교양서 〈위트〉

제55교양서 〈비타민과 미네랄, 그리고 떠오르는 영양소〉

제56교양서 〈내 몸에 꼭 맞는 영양 가이드〉

제57교양서 〈청춘이여 생각하라〉

제58교양서 〈성공 DNA〉 제1권

제59교양서 〈성공 DNA〉 제2권

〈박덕은 건강서 발간 현황〉

제1건강서 〈내 몸에 꼭 맞는 영양 가이드〉

제2건강서 〈비타민과 미네랄, 그리고 떠오르는 영양소〉

제3건강서 〈내 몸에 꼭 맞는 다이어트-제1권 비만 원인〉

제4건강서 〈내 몸에 꼭 맞는 다이어트-제2권 비만 탈출〉

제5건강서 〈내 몸에 꼭 맞는 항암 식품〉

이상 총 저서 125권 발간

한실 문예창작 문우들의 빛나는 열매들

지도 교수 박덕은 박사의 제자들 신인문학상 수상 현황

☆ 시 부문 신인문학상 수상자 ☆

정윤남 시인(둥그런 문학회)
김현태 시인(향그런 문학회)
김용주 시인(탐스런 문학회)
윤성택 시인(부드런 문학회)
최세환 시인(탐스런 문학회)
정주이 시인(향그런 문학회)
이은정 시인(부드런 문학회)
노연희 시인(꽃스런 문학회)
임영희 시인(향그런 문학회)
정달성 시인(향그런 문학회)
이삼순 시인(향그런 문학회)
황혜란 시인(탐스런 문학회)
설미애 시인(포시런 문학회)
이수진 시인(포시런 문학회)
이영희 시인(꽃스런 문학회)
최선화 시인(꽃스런 문학회)
김이향 시인(탐스런 문학회)
유양업 시인(탐스런 문학회)
최길숙 시인(포시런 문학회)
이미자 시인(포시런 문학회)
박세연 시인(향그런 문학회)
김송월 시인(탐스런 문학회)
김관훈 시인(포시런 문학회)
전춘순 시인(포시런 문학회)
배종숙 시인(성스런 문학회)
김부배 시인(포시런 문학회)
윤희정 시인(향그런 문학회)
한승희 시인(둥그런 문학회)
정경옥 시인(둥그런 문학회)
황조한 시인(둥그런 문학회)
정봉애 시인(싱그런 문학회)
전지현 시인(싱그런 문학회)
전숙경 시인(포시런 문학회)
정희만 시인(부드런 문학회)
조정일 시인(둥그런 문학회)
박향미 시인(부드런 문학회)
정점례 시인(부드런 문학회)
박계수 시인(부드런 문학회)
황애라 시인(부드런 문학회)
위향환 시인(둥그런 문학회)
차은자 시인(향그런 문학회)
이후남 시인(포시런 문학회)
정순애 시인(싱그런 문학회)

최기숙 시인(부드런 문학회)
전금희 시인(포시런 문학회)
이숙재 시인(포시런 문학회)
임병민 시인(부드런 문학회)
강현옥 시인(포시런 문학회)
백인옥 시인(포시런 문학회)
손수영 시인(부드런 문학회)
이현숙 시인(부드런 문학회)
김태환 시인(포시런 문학회)
서정화 시인(싱그런 문학회)
송인영 시인(부드런 문학회)
문혜숙 시인(둥그런 문학회)
문재규 시인(포시런 문학회)
신점식 시인(포시런 문학회)
주경숙 시인(포시런 문학회)
주경희 시인(포시런 문학회)
이두원 시인(둥그런 문학회)
고경희 시인(둥그런 문학회)
이연정 시인(둥그런 문학회)
최태봉 시인(싱그런 문학회)
문인자 시인(싱그런 문학회)
김미경 시인(둥그런 문학회)
김숙희 시인(부드런 문학회)
임종준 시인(해돋이 문학회)
윤상현 시인(해돋이 문학회)
권자현 시인(해돋이 문학회)
정연숙 시인(둥그런 문학회)
형광석 시인(둥그런 문학회)
김현정 시인(둥그런 문학회)
문영미 시인(싱그런 문학회)
이숙희 시인(싱그런 문학회)
허소영 시인(해돋이 문학회)
백옥순 시인(향그런 문학회)
이서영 시인(싱그런 문학회)
이호준 시인(향그런 문학회)
박흥순 시인(둥그런 문학회)
박은영 시인(향그런 문학회)
소귀옥 시인(싱그런 문학회)
박봉은 시인(포시런 문학회)
김은주 시인(둥그런 문학회)
장헌권 시인(해돋이 문학회)
김용숙 시인(부드런 문학회)
임순이 시인(싱그런 문학회)

김영욱 시인(해돋이 문학회)
김영순 시인(둥그런 문학회)
김혜숙 시인(둥그런 문학회)
김순정 시인(향그런 문학회)
고명순 시인(둥그런 문학회)
김옥희 시인(둥그런 문학회)
강정숙 시인(부드런 문학회)

☆ 시조 부문 신인문학상 수상자 ☆

김현태 시조 시인(향그런 문학회)
이수진 시조 시인(포시런 문학회)
노연희 시조 시인(꽃스런 문학회)
유양업 시조 시인(탐스런 문학회)
황귀옥 시조 시인(온스런 문학회)
김영순 시조 시인(탐스런 문학회)
배종숙 시조 시인(포시런 문학회)
강순옥 시조 시인(포시런 문학회)
김부배 시조 시인(포시런 문학회)
이인환 시조 시인(포시런 문학회)

☆ 수필 부문 신인문학상 수상자 ☆

김부배 수필가(포시런 문학회)
김태현 수필가(탐스런 문학회)
최세환 수필가(탐스런 문학회)
유양업 수필가(탐스런 문학회)
임희정 수필가(탐스런 문학회)
김미경 수필가(탐스런 문학회)

☆ 동화 부문 신인문학상 수상자 ☆

최비건 동화작가(꽃스런 문학회)

☆ 유양업 시조화집 지금도 기다릴까(도서출판 서영, 2019)
☆ 김부배 제4시조집 이 환장할 그리움(도서출판 서영, 2019)
☆ 정봉애 제1집 잊지 못하리(도서출판 열린창. 2018)
☆ 한실문예창작 동인지 제13집 여백의 미학(도서출판 서영, 2018)
☆ 조정일 제1집 몰래 한 사랑(도서출판 서영, 2018)
☆ 황애라 제1집 눈이 집 짓는 연못(도서출판 한림, 2018)
☆ 정주이 제1집 그때는 몰랐어요(도서출판 서영, 2018)
☆ 박봉은 제7시집 사랑은 감기몸살처럼(도서출판 서영, 2018)
☆ 이수진 제2시집 사찰이 시를 읊다(도서출판 서영, 2017)
☆ 한실문예창작 동인지 제12집 그대는 나의 누구인가(도서출판 서영, 2017)
☆ 김부배 제3시집 그리움의 언덕에 서다(도서출판 서영, 2017)
☆ 신명희 제1집 백지 퍼즐(도서출판 디자인화이트, 2016)
☆ 최세환 수필집 그곳 봄은 맛있었다(도서출판 서영, 2016)
☆ 장헌권 제2집 아직 끝나지 않은 이야기(도서출판 서영, 2016)
☆ 유양업 수필집 바람 따라 구름 따라 별빛 따라(도서출판 서영, 2016)
☆ 한실문예창작 동인지 제11집 마냥 좋아서(도서출판 서영, 2016)
☆ 이수진 제1시집 그리움이라서(도서출판 서영, 2016)
☆ 배종숙 제1시집 그리움 헤아리다(도서출판 서영, 2016)
☆ 최길숙 제1시집 사랑은 시가 되어(도서출판 서영, 2016)
☆ 김부배 제2시집 사랑의 콩깍지(도서출판 서영, 2016)
☆ 이인환 제1시집 그리움 머문 자리(도서출판 서영, 2016)
☆ 이후남 제2시집 한 잔 술에 가둘 수 없어(도서출판 서영, 2016)
☆ 전금희 제2시집 그 누가 다녀간 것일까(도서출판 서영, 2015)
☆ 박봉은 제6시집 당신에게·둘(도서출판 서영, 2015)
☆ 고영숙 시·산문집 한가한 날의 독백(도서출판 시와사람, 2015)
☆ 한실문예창작 동인지 제10집 처음 사랑(도서출판 서영, 2015)
☆ 유양업 제1시집 오늘도 걷는다(도서출판 서영, 2015)
☆ 전춘순 제1시집 내 사람 될 때까지(도서출판 서영, 2015)
☆ 김부배 제1시집 첫사랑(도서출판 서영, 2015)
☆ 한실문예창작 동인지 제9집 보고픔이 자라고 자라서(도서출판 서영, 2014)
☆ 박봉은 제5시집 유리인형(도서출판 서영, 2014)
☆ 김영순 제2시집 풀꽃향 당신(도서출판 서영, 2013)
☆ 최기숙 제1시집 마냥 좋기만 한 그대(도서출판 서영, 2013)
☆ 한실문예창작 동인지 제8집 꽃만 봐도 서러운 그날(도서출판 서영, 2013)
☆ 박봉은 제4시집 비밀 일기(도서출판 서영, 2013)
☆ 최승벽 제1시집 할 말은 가득해도(도서출판 서영, 2013)
☆ 이호준 제1시집 단 한 번 사랑으로도(도서출판 서영, 2013)
☆ 문재규 제1시집 바람이 열어 놓은 꽃잎(도서출판 서영, 2013)
☆ 이후남 제1시집 쓸쓸함에 대하여(도서출판 서영, 2012)
☆ 전금희 제1시집 가을은 어디나 빈자리가 없다(도서출판 서영, 2012)
☆ 주경희 제1시집 작아지고 싶다(도서출판 서영, 2012)
☆ 신점식 제1시집 이 환장할 봄날에(도서출판 서영, 2012)
☆ 박봉은 제3시집 당신에게/하나(도서출판 서영, 2012)
☆ 한실문예창작 동인지 제7집 아직도 사랑인가 봐(도서출판 서영, 2012)
☆ 김미경 동시집 유모차 탄 강아지(도서출판 서영, 2012)
☆ 박완규 제1시집 사랑의 빈자리 될까 봐(도서출판 서영, 2011)
☆ 김순정 제1시집 세월이 품은 그리움(도서출판 서영, 2011)
☆ 김숙희 제1시집 또 한 번 스무 살이 되고 싶은 밤(도서출판 서영, 2011)
☆ 강만순 제1시집 화장을 지우며(도서출판 서영, 2011)

☆ 장헌권 제1시집 시가 영화를 만나다(도서출판 쿰란출판사, 2011)
☆ 박봉은 제2시집 아시나요(도서출판 좋은땅, 2010)
☆ 정연숙 제1시집 늘 곁에 있는 다른 나처럼(도서출판 좋은땅, 2010)
☆ 형광석 제1시집 입술이 탄다(도서출판 한출판, 2010)
☆ 박봉은 제1시집 당신만 행복하다면(도서출판 좋은땅, 2010)
☆ 신순복 제2시집 내가 머무는 곳(도서출판 현대문예, 2010)
☆ 김성순 제1시집 하얀 속울음까지 들켜 버렸잖아(도서출판 한출판, 2009)
☆ 김영순 제1시집 고목나무에 꽃이 핀 사연(도서출판 심미안, 2009)
☆ 김태환 소설집 바람벽(도서출판 서영, 2011)
☆ 고희남 수필집 바람난 비둘기(도서출판 꿈샘, 2006)
☆ 김현주 동시집 마법 같은 하루(도서출판 꿈샘, 2006)
☆ 김보미 동시집 4교시가 끝났다(도서출판 꿈샘, 2006)

지도 교수 박덕은 박사의 제자들의 문학상 & 기타 수상 현황

☆ 2019.5.대덕 백일장 장려상 수상-박상은(송란:한실문예창작 향그런 문학회)
☆ 2019.5.시사문단 문학상 수상-김희란(수평선:한실문예창작 둥그런 문학회)
☆ 2019.5.무등일보 5.18문학상-장헌권(헌책:한실문예창작 부드런 문학회)
☆ 2019.5.밀양아리랑 백일장 장원-박덕은(낭만대통령:한실문예창작 지도 교수)
☆ 2019.5.밀양아리랑 백일장 최우수상-이수진(다래향:한실문예창작 포시런 문학회)
☆ 2019.5.밀양아리랑 백일장 최우수상-장아름(공주:한실문예창작 꽃스런 문학회)
☆ 2019.5.밀양아리랑 백일장 우수상-장만수(만세:한실문예창작 꽃스런 문학회)
☆ 2019.5.밀양아리랑 백일장 가작-김광섭(순종파:한실문예창작 꽃스런 문학회)
☆ 2019.5.밀양아리랑 백일장 장려상-이필란(황토방:한실문예창작 꽃스런 문학회)
☆ 2019.5.밀양아리랑 백일장 장려상-이형우(비슬:한실문예창작 꽃스런 문학회)
☆ 2019.5.해외문학상 수상-유양업(야나:한실문예창작 탐스런 문학회)
☆ 2019.5.미션21신문 신춘문예 당선-장헌권(헌책:한실문예창작 부드런 문학회)
☆ 2019.5.신사임당 백일장 차하 수상-이수진(다래향:한실문예창작 포시런 문학회)
☆ 2019.5.가족사랑 백일장 우수상 수상-이수진(다래향:한실문예창작 포시런 문학회)
☆ 2019.5.시인이 되다 빛창 공모전 수상-김부배(첫사랑:한실문예창작 포시런 문학회)
☆ 2019.5.독일 뮌스트 문학 영웅상 수상-배종숙(꿈굽하기백:한실문예창작 포시런 문학회)
☆ 2019.5.지필문학상 수상-정주이(예말이요:한실문예창작 향그런 문학회)
☆ 2019.5.문학고을 문학상 수상-정주이(예말이요:한실문예창작 향그런 문학회)
☆ 2019.5.시사문단 문학상 수상-김현태(형국:한실문예창작 향그런 문학회)
☆ 2019.5.큰여수신문 문학상 대상(수필) 수상-김부배(첫사랑:한실문예창작 포시런 문학회)
☆ 2019.5.큰여수신문 문학상 대상(시) 수상-배종숙(꿈굽하기백:한실문예창작 포시런 문학회)
☆ 2019.4.김영랑 백일장 대상 수상-박덕은(낭만대통령:한실문예창작 지도 교수)
☆ 2019.4.김영랑 백일장 우수상 수상-김현태(형국:한실문예창작 향그런 문학회)
☆ 2019.4.김영랑 백일장 장려상 수상-김용주(아통:한실문예창작 꽃스런 문학회)
☆ 2019.4.김영랑 백일장 장려상 수상-이수진(다래향:한실문예창작 포시런 문학회)
☆ 2019.4.운곡 원천석 백일장 문학상 수상-이인환(말맘초:한실문예창작 포시런 문학회)
☆ 2019.4.좋은생각 동화 문학상 수상-이명사(사임당:한실문예창작 탐스런 문학회)
☆ 2019.4.이육사 문학상 수상-김부배(첫사랑:한실문예창작 포시런 문학회)
☆ 2019.4.황금찬 문학상 동시 부문 대상 수상-배종숙(꿈굽하기백:한실문예창작 포시런 문학회)
☆ 2019.4.로마아트 컬렉숀 시화전 대상 수상-배종숙(꿈굽하기백:한실문예창작 포시런 문학회)
☆ 2019.4.부천 시가활짝 문학상 수상-이수진(다래향:한실문예창작 포시런 문학회)
☆ 2019.3.경남 고성 디카시 문학상 수상-박덕은(낭만대통령:한실문예창작 지도 교수)
☆ 2019.3.만해 한용운 백일장 수상-박덕은(낭만대통령:한실문예창작 지도 교수)
☆ 2019.1.안동 백일장 우수상 수상-이수진(다래향:한실문예창작 포시런 문학회)

☆ 2018.10.가람 시조 백일장 수상-임영희(목련:한실문예창작 향그런 문학회)

☆ 2018.10.가람 시조 백일장 수상-김이향(스스로:한실문예창작 향그런 문학회)

☆ 2019.2.위드라이프 효가족 사랑 공모전 우수상 수상-박상은(송원:한실문예창작 향그런 문학회)

☆ 2019.2.시인이 되다 빛창 공모전 수상-송옥근(여원:한실문예창작 꽃스런 문학회)

☆ 2019.2.어깨동무 문학상 대상 수상-배종숙(꿈곱하기백:한실문예창작 포시런 문학회)

☆ 2019.2.샘터 시조 문학상 수상-박덕은(낭만대통령:한실문예창작 지도 교수)

☆ 2019.1.샘터 수필 문학상 수상-서희정(아리랑:한실문예창작 탐스런 문학회)

☆ 2019.1.시사문단 문학상 수상-정윤남(조약돌:한실문예창작 둥그런 문학회)

☆ 2019.1.샘터 시조 문학상 수상-이인환(물망초:한실문예창작 포시런 문학회)

☆ 2019.1.림영창 문학상 대상 수상-배종숙(꿈곱하기백: 한실문예창작 포시런 문학회)

☆ 2019.1.에이펙셀 문학상 대상 수상-배종숙(꿈곱하기백:한실문예창작 포시런 문학회)

☆ 2019.1.전라도닷컴 문학상(수필 부문) 수상-김현태(형국:한실문예창작 향그런 문학회)

☆ 2018.12.E마트 문학상 수상-박덕은(낭만대통령: 한실문예창작 지도 교수)

☆ 2018.12.E마트 문학상 수상-홍기선(문강: 한실문예창작 향그런 문학회)

☆ 2018.12.E마트 문학상 수상-서은옥(빛나리:한실문예창작 향그런 문학회)

☆ 2018.12.E마트 문학상 수상-박상은(송원:한실문예창작 향그런 문학회)

☆ 2018.12.광수 문학상 은상 수상-김정태(정죽:한실문예창작 향그런 문학회)

☆ 2018.12.광수 문학상 동상 수상-서희정(아리랑:한실문예창작 탐스런 문학회)

☆ 2018.12.샘터 시조 문학상 수상-서희정(아리랑:한실문예창작 탐스런 문학회)

☆ 2018.12.여강 시가 문학상 수상-이인환(물망초:한실문예창작 포시런 문학회)

☆ 2018.12.여강 시가 문학상 수상-김부배(첫사랑:한실문예창작 향그런 문학회)

☆ 2018.12.대전효 문학상 수상-서희정(아리랑:한실문예창작 탐스런 문학회)

☆ 2018.12.동산 문학상 수상-이선자(명진:한실문예창작 탐스런 문학회)

☆ 2018.12.동산 문학상 수상-이연례(미리내:한실문예창작 탐스런 문학회)

☆ 2018.12.대명 신춘문예 입선 수상-서희정(아리랑:한실문예창작 탐스런 문학회)

☆ 2018.12.대한민국 환경봉사 문학대상 수상-이수진(다래향:한실문예창작 포시런 문학회)

☆ 2018.11.의정부 문학상(산문 부문) 수상-최세환(시암골:한실문예창작 탐스런 문학회)

☆ 2018.11.대통령기 국민독서경진대회 장려상 수상-정세자(심연:한실문예창작 부드런 문학회)

☆ 2018.11.부산문화글판 당선-박덕은(낭만대통령:한실문예창작 지도 교수)

☆ 2018.11.눈높이 아동문학대전 문학상 수상-강보미(꽃술:한실문예창작 꿈스런 문학회)

☆ 2018.11.포천 문학상 특별상 수상-박덕은(낭만대통령:한실문예창작 지도 교수)

☆ 2018.11.포천 문학상 특별상 수상-김현태(형국:한실문예창작 향그런 문학회)

☆ 2018.11.포천 문학상 수상-김명지(설렘:한실문예창작 둥그런 문학회)

☆ 2018.11.진도사랑 문학상 수상-김현태(형국:한실문예창작 향그런 문학회)

☆ 2018.11.진도사랑 문학상 수상-박덕은(낭만대통령:한실문예창작 지도 교수)

☆ 2018.11.진도사랑 문학상 수상-서희정(아리랑:한실문예창작 탐스런 문학회)

☆ 2018.11.진도사랑 문학상 수상-장헌권(헌책:한실문예창작 부드런 문학회)

☆ 2018.11.진도사랑 문학상 수상-홍기선(문강:한실문예창작 향그런 문학회)

☆ 2018.11.진도사랑 문학상 수상-이수진(다래향:한실문예창작 포시런 문학회)

☆ 2018.11.나눔문학 다문화 문학상 수상-나명엽(도요새:한실문예창작 탐스런 문학회)

☆ 2018.11.시인이 되다 빛창 공모전 수상-김부배(첫사랑:한실문예창작 향그런 문학회)

☆ 2018.11.시인이 되다 빛창 공모전 수상-장헌권(헌책:한실문예창작 부드런 문학회)

☆ 2018.11.시인이 되다 빛창 공모전 수상-서희정(아리랑:한실문예창작 탐스런 문학회)

☆ 2018.11.시인이 되다 빛창 공모전 수상-형시원(칼라판:한실문예창작 탐스런 문학회)

☆ 2018.11.시인이 되다 빛창 공모전 우수상 수상-주경숙(송실:한실문예창작 꽃스런 문학회)

☆ 2018.11.평화통일 전국 글짓기 공모전 장원 수상-배종숙(꿈곱하기백:한실문예창작 포시런 문학회)

☆ 2018.11.예술문화상 문학상 수상-황애라(푸른호수: 한실문예창작 부드런 문학회)

☆ 2018.11.광주문인협회 문학상(수필) 수상-이명사(사임당: 한실문예창작 탐스런 문학회)

☆ 2018.11.서구 문예 가족사랑 문학상(시) 수상-이명사(사임당: 한실문예창작 탐스런 문학회)

☆ 2018.11.정조 효 백일장 문학상 수상-박덕은(낭만대통령: 한실문예창작 지도 교수)

☆ 2018.11.정조 효 백일장 문학상 수상-이수진(다래향:한실문예창작 포시런 문학회)

☆ 2018.11.도산 안창호 문학상 특별상 수상-김현태(형국:한실문예창작 향그런 문학회)

☆ 2018.11.도산 안창호 문학상 우수상 수상-이수진(다래향:한실문예창작 포시런 문학회)
☆ 2018.10.어린이동아일보 문학상 수상-박건우(연우:한실문예창작 꿈스런 문학회)
☆ 2018.10.동서 문학상 수상-정은희(토끼마녀:한실문예창작 온스런 문학회)
☆ 2018.10.월계관 문학상 금상 수상-김부배(첫사랑:한실문예창작 포시런 문학회)
☆ 2018.10.안양 백일장 수상-박덕은(낭만대통령:한실문예창작 지도 교수)
☆ 2018.10.빛고을문예 백일장 대상 수상-이수진(다래향:한실문예창작 포시런 문학회)
☆ 2018.10.빛고을문예 백일장 우수상 수상-김용주(아통:한실문예창작 둥그런 문학회)
☆ 2018.10.빛고을문예 백일장 우수상 수상-박덕은(낭만대통령:한실문예창작 지도 교수)
☆ 2018.10.빛고을문예백일장 수상-노연희(연꽃:한실문예창작 꽃스런 문학회)
☆ 2018.10.빛고을문예백일장 수상-서희정(아리랑:한실문예창작 탐스런 문학회)
☆ 2018.10.영광불갑사 상사화 축제 문학상 수상-최세환(시암골:한실문예창작 탐스런 문학회)
☆ 2018.10.독립운동가 신석구 독후감 공모전 수상-장헌권(헌책:한실문예창작 부드런 문학회)
☆ 2018.10.향촌문학상 수필 부문 최우수상 수상-배종숙(꿈곱하기백:한실문예창작 포시런 문학회)
☆ 2018.10.아리 문화상(수필 부문) 수상-박덕은(낭만대통령:한실문예창작 지도 교수)
☆ 2018.10.향촌문학상 대상 수상-이수진(다래향:한실문예창작 꽃스런 문학회)
☆ 2018.10.향촌문학상 최우수상 수상-김부배(첫사랑:한실문예창작 꽃스런 문학회)
☆ 2018.10.전국 농어촌청소년 문예제전 장려상 수상-박범우(음악의소년:한실문예창작 꿈스런 문학회)
☆ 2018.10.최충 문학상 초등부 우수상 수상-박건우(연우:한실문예창작 꿈스런 문학회)
☆ 2018.10.전국 효문화 시조 백일장 수상-김이향(스스로:한실문예창작 향그런 문학회)
☆ 2018.10.마로니에 백일장 수상-이인환(물망초:한실문예창작 포시런 문학회)
☆ 2018.9.전주기령당 충효 문학상 수상-강현옥(오로라:한실문예창작 부드런 문학회)
☆ 2018.9.전주기령당 충효 문학상 수상-김용주(아통:한실문예창작 꽃스런 문학회)
☆ 2018.9.백수 정완영 전국 학생문예공모전 장원 수상-박건우(연우:한실문예창작 꿈스런 문학회)
☆ 2018.9.인문학 문학상 수상-박덕은(낭만대통령:한실문예창작 지도 교수)
☆ 2018.9.대한민국 문학 공모대전 수상-배종숙(꿈곱하기백:한실문예창작 꽃스런 문학회)
☆ 2018.9.카스문학 최고 문학상 수상-배종숙(꿈곱하기백:한실문예창작 포시런 문학회)
☆ 2018.9.공주시 시립도서관 문학상 수상-박덕은(낭만대통령:한실문예창작 지도 교수)
☆ 2018.9.직지사랑 백일장 문학상(수필 부문) 수상-김용주(아통:한실문예창작 꽃스런 문학회)
☆ 2018.9.전주 문학제 문학상 수상-이수진(다래향:한실문예창작 꿈스런 문학회)
☆ 2018.9.전국 시조 문학상 수상-김이향(스스로:한실문예창작 향그런 문학회)
☆ 2018.9.국민연금 문학상(생활 수기 부문) 수상-홍기선(문강:한실문예창작 향그런 문학회)
☆ 2018.8.서울 지하철 문학상 수상-정소영(빛방울:한실문예창작 부드런 문학회)
☆ 2018.8.서울 지하철 문학상 수상-박상은(뻥새:한실문예창작 향그런 문학회)
☆ 2018.8.서울 지하철 문학상 수상-서동영(별이로다:한실문예창작 포시런 문학회)
☆ 2018.8.서울 지하철 문학상 수상-이수진(다래향:한실문예창작 포시런 문학회)
☆ 2018.8.산림문화 문학상 수상-정은희(토끼마녀:한실문예창작 온스런 문학회)
☆ 2018.8.공작산문예축전 수상-김이향(스스로:한실문예창작 향그런 문학회)
☆ 2018.8.공작산문예축전 수상-정채원(한실문예창작 꿈스런 문학회)
☆ 2018.8.김유정 문학상 최우수상 수상-김정태(청죽:한실문예창작 향그런 문학회)
☆ 2018.8.김유정 문학상 우수상 수상-노연희(연꽃:한실문예창작 꽃스런 문학회)
☆ 2018.8.전주기령당충효 문학상 수상-이수진(다래향:한실문예창작 꽃스런 문학회)
☆ 2018.8.큰여수신문 문학상 시조 부문 최우수상 수상-김부배(첫사랑:한실문예창작 포시런 문학회)
☆ 2018.8.큰여수신문 문학상 최우수상 수상-이수진(다래향:한실문예창작 포시런 문학회)
☆ 2018.8.한민족문예제전 국회의원상 수상-김이향(스스로:한실문예창작 향그런 문학회)
☆ 2018.8.한민족문예제전 민족통일광주시회장상 수상-김용주(아통:한실문예창작 꽃스런 문학회)
☆ 2018.8.한민족문예제전 국회의원상 수상-서희정(백합향:한실문예창작 둥그런 문학회)
☆ 2018.8.한민족문예제전 국회의원상 수상-김현태(행국:한실문예창작 향그런 문학회)
☆ 2018.8.한민족문예제전 국회의원상 수상-정연숙(유심:한실문예창작 탐스런 문학회)
☆ 2018.8.한민족문예제전 민족통일광주시회장상 수상-김영순(아정:한실문예창작 둥그런 문학회)
☆ 2018.8.한민족문예제전 민족통일광주시회장상 수상-홍기선(문강:한실문예창작 향그런 문학회)
☆ 2018.8.한민족문예제전 민족통일광주시회장상상 수상-김녕대(사유:한실문예창작 향그런 문학회)
☆ 2018.8.한민족문예제전 민족통일광주시회장상 수상-이명사(사임당:한실문예창작 탐스런 문학회)

☆ 2018.8.어린이동아일보 문예상 수상-조예지(친구짱: 한실문예창작 덕스런문학회)
☆ 2018.8.한민족문예제전 최우수상 수상-박덕은(낭만대통령: 한실문예창작 지도 교수)
☆ 2018.8.기록 백일장 금상 수상-박덕은(낭만대통령: 한실문예창작 지도 교수)
☆ 2018.7.윤동주 백일장 우수상 수상-이수진(다래향:한실문예창작 포시런 문학회)
☆ 2018.7.가스텔투데이 슬로건 공모전 최우수상 수상-장헌권(헌책:한실문예창작 부드런 문학회)
☆ 2018.7.어린이동아 문예상 수상-지승기(승리:한실문예창작 덕스런 문학회)
☆ 2018.7.독도 문학상 수상-박덕은(낭만대통령:한실문예창작 지도 교수)
☆ 2018.7.독도 문학상 수상-이혜정(펑크마마:한실문예창작 온스런 문학회)
☆ 2018.7.독도 문학상 수상-김현태(형국:한실문예창작 향그런 문학회)
☆ 2018.7.독도 문학상 수상-정주이(예말이요:한실문예창작 향그런 문학회)
☆ 2018.7.독도 문학상 수상-강현옥(오로라:한실문예창작 부드런 문학회)
☆ 2018.7.독도 문학상 수상-배종숙(꿈곱하기백:한실문예창작 꽃스런 문학회)
☆ 2018.7.양성평등 문학상 수상-박건우(연우:한실문예창작 꿈스런 문학회)
☆ 2018.7.한민족문예제전 의장상 수상-김부배(첫사랑:한실문예창작 포시런 문학회)
☆ 2018.7.육신 문학상 수상-배종숙(꿈곱하기백:한실문예창작 꽃스런 문학회)
☆ 2018.7.한민족문예대전 도교육감상 수상-박나래(꿈나래:한실문예창작 덕스런 문학회)
☆ 2018.7.한민족문예대전 도의회 의장상 수상-주경숙(송실:한실문예창작 꽃스런 문학회)
☆ 2018.6.한민족문예제전 통일부장관상 수상-장헌권(헌책:한실문예창작 부드런 문학회)
☆ 2018.6.이준열사 문학상 대상 수상-김부배(첫사랑:한실문예창작 포시런 문학회)
☆ 2018.6.이준열사 문학상 최우수상 수상-정주이(예말이요:한실문예창작 포시런 문학회)
☆ 2018.6.이준열사 문학상 우수상 수상-박봉은(전설의영웅:한실문예창작 포시런 문학회)
☆ 2018.6.이준열사 문학상 우수상 수상-김영자(호수:한실문예창작 향그런 문학회)
☆ 2018.6.이준열사 문학상 수상-박덕은(낭만대통령:한실문예창작 지도 교수)
☆ 2018.6.이준열사 문학상 수상-강현옥(오로라:한실문예창작 런 문학회)
☆ 2018.6.이준열사 문학상 수상-김이향(스스로:한실문예창작 런 문학회)
☆ 2018.6.이준열사 문학상 수상-황귀옥(옥구슬:한실문예창작 런 문학회)
☆ 2018.6.이준열사 문학상 수상-최세환(시암골:한실문예창작 런 문학회)
☆ 2018.6.이준열사 문학상 수상-장헌권(헌책:한실문예창작 런 문학회)
☆ 2018.6.이준열사 문학상 수상-김용주(아통:한실문예창작 런 문학회)
☆ 2018.6.이준열사 문학상 수상-홍기선(문강:한실문예창작 런 문학회)
☆ 2018.6.이준열사 문학상 수상-노연희(연꽃:한실문예창작 런 문학회)
☆ 2018.6.이준열사 문학상 수상-이인환(물망초:한실문예창작 포시런 문학회)
☆ 2018.6.이준열사 문학상 수상-이수진(다래향:한실문예창작 포시런 문학회)
☆ 2018.6.이준열사 문학상 수상-김현태(형국:한실문예창작 향그런 문학회)
☆ 2018.6.이준열사 문학상 수상-배종숙(꿈곱하기백:한실문예창작 포시런 문학회)
☆ 2018.6.이준열사 문학상 수상-박상은(병새:한실문예창작 꽃스런 문학회)
☆ 2018.6.이준열사 문학상 수상-이은정(솔숲:한실문예창작 부드런 문학회)
☆ 2018.6.이준열사 문학상 수상-이명사(사임당:한실문예창작 런 문학회)
☆ 2018.6.어린이동아일보 문예상 수상-서종현(사나이:한실문예창작 덕스런 문학회)
☆ 2018.6.좋은 생각 수필 공모전 수상-장헌권(헌책:한실문예창작 부드런 문학회)
☆ 2018.6.상록수 백일장 장원 수상-박덕은(낭만대통령:한실문예창작 지도 교수)
☆ 2018.6.상록수 백일장 병원장상 수상-서동영(별이로다:한실문예창작 포시런 문학회)
☆ 2018.6.상록수 백일장 총장상 수상-박봉은(전설의영웅:한실문예창작 포시런 문학회)
☆ 2018.6.상록수 백일장 예총회장상 수상-이인환(물망초:한실문예창작 꽃스런 문학회)
☆ 2018.6.상록수 백일장 중등부 장원 수상-황준상(깃발:한실문예창작 꿈스런 문학회)
☆ 2018.6.상록수 백일장 사장상 수상-황시은(등대:한실문예창작 꿈스런 문학상)
☆ 2018.6.상록수 백일장 이사장상 수상-윤예인(냇물:한실문예창작 꿈스런 문학회)
☆ 2018.6.지구사랑 문학상 은상 수상-김현태(형국:한실문예창작 향그런 문학회)
☆ 2018.6.지구사랑 문학상 수상-김명대(자유:한실문예창작 향그런 문학회)
☆ 2018.6.지구사랑 문학상 수상-이명사(사임당:한실문예창작 탐스런 문학회)
☆ 2018.6.지구사랑 문학상 수상-최성빈(하하:한실문예창작 덕스런 문학회)
☆ 2018.6.지구사랑 문학상 수상-문영미(찔레꽃:한실문예창작 꽃스런 문학회)

☆ 2018.6.지구사랑 문학상 이사장상 수상-박덕은(낭만대통령:한실문예창작 지도 교수)
☆ 2018.6.용아 박용철 문학상 수상-홍기선(문강:한실문예창작 탐스런 문학회)
☆ 2018.6.용아 박용철 문학상 수상-이삼순(월암:한실문예창작 향그런 문학회)
☆ 2018.6.용아 박용철 문학상 수상-김용주(아통:한실문예창작 탐스런 문학회)
☆ 2018.6.용아 박용철 문학상 수상-김영순(아정:한실문예창작 탐스런 문학회)
☆ 2018.6.용아 박용철 문학상 수상-김현태(형국:한실문예창작 향그런 문학회)
☆ 2018.6.용아 박용철 문학상 수상-황혜란(그루터기:한실문예창작 향그런 문학회)
☆ 2018.6.용아 박용철 문학상 수상-정주이(예말이요:한실문예창작 향그런 문학회)
☆ 2018.6.용아 박용철 문학상 수상-임영희(목련:한실문예창작 향그런 문학회)
☆ 2018.6.용아 박용철 문학상 수상-서희정(백합향:한실문예창작 탐스런 문학회)
☆ 2018.6.용아 박용철 문학상 수상-나명엽(도요새:한실문예창작 탐스런 문학회)
☆ 2018.6.용아 박용철 문학상 수상-장헌권(헌책:한실문예창작 부드런 문학회)
☆ 2018.6.용아 박용철 문학상 수상-김송월(플로라:한실문예창작 향그런 문학회)
☆ 2018.6.용아 박용철 문학상 수상-김이향(스스로:한실문예창작 향그런 문학회)
☆ 2018.5.시인마을 문학상 최우수상 수상-김이향(스스로:한실문예창작 향그런 문학회)
☆ 2018.5.시인마을 문학상 우수상 수상-김송월(플로라:한실문예창작 향그런 문학회)
☆ 2018.5.시인마을 문학상 우수상 수상-최세환(시암골:한실문예창작 탐스런 문학회)
☆ 2018.5.안정복 문학상 수상-박덕은(낭만대통령:한실문예창작 지도 교수)
☆ 2018.5.국제문학 작품 우수상 수상-김명대(자유:한실문예창작 탐스런 문학회)
☆ 2018.5.오월어머니상 수상-장헌권(헌책:한실문예창작 부드런 문학회)
☆ 2018.5.어린이동아일보 독자한마당상 수상-지승기(승리:한실문예창작 덕스런 문학회)
☆ 2018.5.어린이동아일보 문예상 장원 수상-박범우(퍼즐왕:한실문예창작 꿈스런 문학회)
☆ 2018.5.국립재활원 공모전 수상-장헌권(헌책:한실문예창작 부드런 문학회)
☆ 2018.4.김영랑 백일장 최우수상 수상-정주이(예말이요: 한실문예창작 향그런 문학회)
☆ 2018.4. 김영랑 백일장 장려상 수상-나명엽(도요새: 한실문예창작 탐스런 문학회)
☆ 2018.4.하인리히 하이네 문학상 대상 수상-김부배(첫사랑:한실문예창작 포시런 문학회)
☆ 2018.4.어린이동아일보 문예상 수상-박범우(퍼즐왕:한실문예창작 꿈스런 문학회)
☆ 2018.4.어린이동아일보 으뜸상(대상) 수상-최성빈(꿈꽃:한실문예창작 덕스런(돌실) 문학회)
☆ 2018.3.부천 시가활짝 문학상 수상-윤성택(하늘금:한실문예창작 부드런 문학회)
☆ 2018.3.부천 시가활짝 문학상 수상-윤정(정다운:한실문예창작 부드런 문학회)
☆ 2018.3.어린이동아일보 문예상 수상-최성빈(꿈꽃:한실문예창작 덕스런(돌실) 문학회)
☆ 2018.3.한겨레 에세이 공모전 수상-장헌권(헌책:한실문예창작 부드런 문학회)
☆ 2018.3.샘터 수필 문학상 수상-장헌권(헌책:한실문예창작 부드런 문학회)
☆ 2018.3.생활문예대상 수상-박덕은(낭만대통령:한실문예창작 지도 교수)
☆ 2018.3.우리말 매일 글짓기 공모전 장원 수상-고연주(꽃연주:한실문예창작 포시런 문학회)
☆ 2018.3.가락시장 공모전 당선-이수진(다래향:한실문예창작 포시런 문학회)
☆ 2018.3.가락시장 공모전 당선-황애라(푸른호수:한실문예창작 부드런 문학회)
☆ 2018.2.부산문화글판 공모전 당선-김부배(첫사랑:한실문예창작 포시런문학회)
☆ 2018.2.부산문화글판 공모전 당선-이인환(물망초:한실문예창작 포시런 문학회)
☆ 2018.2.부산문화글판 공모전 당선-배종숙(꿈곱하기백:한실문예창작 포시런 문학회)
☆ 2018.2.샘터 문학상 수필 공모전 수상-김명대(자유:한실문예창작 탐스런 문학회)
☆ 2018.2.빛창공모전 당선-박봉은(전설의영웅:한실문예창작 탐스런 문학회)
☆ 2018.2.빛창공모전 당선-배종숙(꿈곱하기백:한실문예창작 꽃스런 문학회)
☆ 2018.1.중앙일보 시조 백일장 수상-이인환(물망초:한실문예창작 포시런 문학회)
☆ 2017.12.제1회 미래엔 창작 글감 문학상 수상-박범우(퍼즐왕:한실문예창작 꿈스런 문학회)
☆ 2017.12.아동문학대전 문학상 수상-박범우(퍼즐왕:한실문예창작 꿈스런 문학회)
☆ 2017.12.아동문학대전 문학상 수상-박건우(연우: 한실문예창작 꿈스런 문학회)
☆ 2017.12.스토리텔링 여성가온누리상 수상-서희정(백합향: 한실문예창작 탐스런 문학회)
☆ 2017.12.우리말 매일 글짓기 전국 공모전 수상-노연희(연꽃:한실문예창작 포시런 문학회)
☆ 2017.12.예우증진 문학상 수상-서희정(백합향:한실문예창작 탐스런 문학회)
☆ 2017.11.의성부 문학상 수상-김관훈(동키짱:한실문예창작 포시런 문학회)
☆ 2017.11.부산진시장 예술제 문학상 수상 -박덕은(낭만대통령:한실문예창작 지도 교수)

☆ 2017.11.부산문화글판 공모전 수상-이인환(물망초:한실문예창작 포시런 문학회)
☆ 2017.11.우리숲 문학상 수상-박덕은(낭만대통령:한실문예창작 지도 교수)
☆ 2017.11.농어촌문학상(수필 부문) 수상-서희정(백합향:한실문예창작 탐스런 문학회)
☆ 2017.11.나주화원 문화공로상 수상-강현옥(오로라:한실문예창작 부드런 문학회)
☆ 2017.10.전국 안보 표어 공모전 수상-장영근(귀공자:한실문예창작 꽃스런 문학회)
☆ 2017.10.서구민 문예 백일장 수상-김영순(아정:한실문예창작 탐스런 문학회)
☆ 2017.10.서구민 문예 백일장 수상-정연숙(유심:한실문예창작 탐스런 문학회)
☆ 2017.10.서구민 문예 백일장 수상-장헌권(헌책:한실문예창작 부드런 문학회)
☆ 2017.10.서구민 문예 백일장 수상-정주이(예말이요:한실문예창작 탐스런 문학회)
☆ 2017.10.서구민 문예 백일장 수상-서희정(백합향:한실문예창작 탐스런 문학회)
☆ 2017.10.서구민 문예 백일장 수상-나명엽(도요새:한실문예창작 탐스런 문학회)
☆ 2017.10.농어촌 문학상-박범우(퍼즐왕:한실문예창작 꿈스런 문학회)
☆ 2017.10.농어촌 문학상-박건우(연우:한실문예창작 꿈스런 문학회)
☆ 2017.10.노인공경 전국 글짓기 공모전 수상-서희정(백합향:한실문예창작 탐스런 문학회)
☆ 2017.10.경기 수필 문학상 수상-박덕은(낭만대통령:한실문예창작 지도 교수)
☆ 2017.9.서울지하철 문학상 수상-김부배(첫사랑:한실문예창작 포시런 문학회)
☆ 2017.9.고모령 효예술제 문학상 수상-김부배(첫사랑:한실문예창작 포시런 문학회)
☆ 2017.9.고모령 효예술제 문학상 수상-이수진(다래향:한실문예창작 포시런 문학회)
☆ 2017.9.고모령 효예술제 문학상 수상-노연희(연꽃:한실문예창작 포시런 문학회)
☆ 2017.9.고모령 효예술제 문학상 수상-정경옥(단아:한실문예창작 탐스런 문학회)
☆ 2017.9.고모령 효예술제 문학상 수상-서희정(백합향:한실문예창작 탐스런 문학회)
☆ 2017.9.한민족통일문예대전 수상-황애라(푸른호수:한실문예창작 부드런 문학회)
☆ 2017.9.행복나눔 문학상 수상-유양업(야나: 한실문예창작 탐스런 문학회)
☆ 2017.8.공작산 생태숲 문예축전 수상-황귀옥(옥구슬:한실문예창작 온스런 문학회)
☆ 2017.8.부산문화글판 공모전 수상-김부배(첫사랑:한실문예창작 포시런 문학회)
☆ 2017.8.민주병화통일자문회의 슬로건 공모전 수상-이수진(다래향:한실문예창작 포시런 문학회)
☆ 2017.8.향촌문학상 시 부문 최우수상 수상-정경옥(단아:한실문예창작 탐스런 문학회)
☆ 2017.8.향촌문학상 시 부문 대상 수상-강현옥(오로라:한실문예창작 부드런 문학회)
☆ 2017.8.향촌문학상 수필 부문 대상 수상-유양업(야나:한실문예창작 탐스런 문학회)
☆ 2017.8.향촌문학상 시 부문 최우수상 수상-이수진(다래향:한실문예창작 포시런 문학회)
☆ 2017.7.지구사랑 문학상 수상-이호준(운거:한실문예창작 탐스런 문학회)
☆ 2017.7.충주문학관 문학상 장원 수상-서희정(백합향:한실문예창작 탐스런 문학회)
☆ 2017.7.지구사랑 문학상 수상-최세환(시암골:한실문예창작 탐스런 문학회)
☆ 2017.7.지구사랑 문학상 수상-박덕은(낭만대통령:한실문예창작 지도 교수)
☆ 2017.7.지구사랑 문학상 수상-강승우(꿈길:한실문예창작 꿈스런 문학회)
☆ 2017.7.지구사랑 문학상 수상-유양업(야나:한실문예창작 탐스런 문학회)
☆ 2017.7.지구사랑 문학상 수상-서희정(백합향:한실문예창작 탐스런 문학회)
☆ 2017.6.사이버 중랑신춘문예 문학상 수상-박덕은(낭만대통령:한실문예창작 지도 교수)
☆ 2017.6.경기천년제 문학상 -이인환(물망초:한실문예창작 포시런 문학회)
☆ 2017.6.충주문학관 문학상 장원 수상 -이삼순(월암:한실문예창작 향그런 문학회)
☆ 2017.6.용아 박용철 백일장 수상-형시원(칼라ınış한실문예창작 탐스런 문학회)
☆ 2017.6.용아 박용철 백일장 수상-노문영(백강:한실문예창작 푸르른 문학회)
☆ 2017.6.용아 박용철 백일장 수상-유양업(야나:한실문예창작 탐스런 문학회)
☆ 2017.6.용아 박용철 백일장 수상-배종숙(은곡:한실문예창작 포시런 문학회)
☆ 2017.6.용아 박용철 백일장 수상-최세환(시암골:한실문예창작 탐스런 문학회)
☆ 2017.6.용아 박용철 백일장 수상-박덕은(낭만대통령:한실문예창작 지도 교수)
☆ 2017.6.용아 박용철 백일장 수상-황애라(푸른호수:한실문예창작 부드런 문학회)
☆ 2017.6.용아 박용철 백일장 수상-김재원(재롱꽃:한실문예창작 꿈스런 문학회)
☆ 2017.5.부산문화글판 공모전 수상-김부배(첫사랑:한실문예창작 포시런 문학회)
☆ 2017.5.서래섬배 백일장 수상-서희정(백합향:한실문예창작 푸르른 문학회)
☆ 2017.5.서래섬배 백일장 수상-배종숙(은곡:한실문예창작 포시런 문학회)
☆ 2017.5.서래섬배 백일장 수상-이수진(다래향:한실문예창작 포시런 문학회)

☆ 2017.5.서래섬배 백일장 수상-박덕은(낭만대통령:한실문예창작 지도 교수)
☆ 2017.5.빛창 문학상 수상-김영자(호수:한실문예창작 향그런 문학회)
☆ 2017.4.제1회 화암문학상 수상-심재연(재연:한실문예창작 온스런 문학회)
☆ 2017.3.부산문화글판 공모 수상-이수진(다래향:한실문예창작 포시런 문학회)
☆ 2017.3.샘터 시조 문학상 수상-이수진(다래향:한실문예창작 포시런 문학회)
☆ 2017.2.샘터 시조 문학상 수상-김부배(첫사랑:한실문예창작 포시런 문학회)
☆ 2017.2.21세기창작문학 작가상 수상-배종숙(은곡:한실문예창작 포시런 문학회)
☆ 2016.11.부산문화글판 공모 수상-이수진(다래향:한실문예창작 포시런 문학회)
☆ 2016.11.부산문화글판 공모 당선-강현옥(오로라:한실문예창작 부드런 문학회)
☆ 2016.11.눈높이아동문학대전 수상-강창우(꽃노래:한실문예창작 꿈스런 문학회)
☆ 2016.11.샘터시조상 수상-배종숙(은곡:한실문예창작 포시런 문학회)
☆ 2016.10.전국농어촌청소년 문예제전 수상-박범우(퍼즐왕:한실문예창작 꿈스런 문학회)
☆ 2016.10.동서문학상 수상-김미경(봄동산:한실문예창작 온스런 문학회)
☆ 2016.10.동서문학상 수상-정연숙(유심:한실문예창작 탑스런 문학회)
☆ 2016.10.여수해양 문학상 수상-박덕은(낭만대통령:한실문예창작 지도 교수)
☆ 2016.10.신사임당 문학상 수상-김부배(첫사랑:한실문예창작 포시런 문학회)
☆ 2016.10.영광불갑사 상사화 축제 문학상 수상-이호준(운거:한실문예창작 탑스런 문학회)
☆ 2016.10.박경리문학제 전국청소년 백일장 수상-강창우(꽃노래:한실문예창작 꿈스런 문학회)
☆ 2016.10.박경리문학제 전국청소년 백일장 수상-강승우(꿈길:한실문예창작 꿈스런 문학회)
☆ 2016.10.구상한강백일장 대상 수상-서동영(별이로다:한실문예창작 포시런 문학회)
☆ 2016.10.곡성 심청 백일장 대상 수상-박범우(퍼즐왕:한실문예창작 꿈스런 문학회)
☆ 2016.10.나주예술문화상 수상-황애라(푸른호수:한실문예창작 부드런 문학회)
☆ 2016.10.제2회 백호시낭송대회 수상-강현옥(오로라:한실문예창작 부드런 문학회)
☆ 2016.10.제2회 백호시낭송대회 수상-황애라(푸른호수:한실문예창작 부드런 문학회)
☆ 2016.9.항공 문학상 수상-박덕은(낭만대통령:한실문예창작 지도 교수)
☆ 2016.9.광주시 시낭송대회 수상-김영순(아정:한실문예창작 탑스런 문학회)
☆ 2016.9.국립공원 슬로건 수상-김부배(첫사랑:한실문예창작 포시런 문학회)
☆ 2016.9.서울지하철 문학상 수상-김부배(첫사랑:한실문예창작 포시런 문학회)
☆ 2016.8.공작산생태숲문학상 시 으뜸상 수상-박범우(퍼즐왕:한실문예창작 꿈스런 문학회)
☆ 2016.8.공작산생태숲문학상 시조 키움상 수상-황귀옥(옥구슬:한실문예창작 온스런 문학회)
☆ 2016.8.공작산생태숲문학상 시 키움상 수상-정은미(라라:한실문예창작 덕스런 문학회)
☆ 2016.8.공작산생태숲문학상 시 키움상 수상-강승우(꿈길:한실문예창작 꿈스런 문학회)
☆ 2016.8.공작산생태숲문학상 시 키움상 수상-박건우(연우:한실문예창작 꿈스런 문학회)
☆ 2016.8.나주시 소통글판 문안 우수상 수상-강현옥(오로라:한실문예창작 부드런 문학회)
☆ 2016.8.한화생명 문학상 수상-심재연(재연:한실문예창작 온스런 문학회)
☆ 2016.8.한화생명 문학상 수상-김영순(아정:한실문예창작 탑스런 문학회)
☆ 2016.8.한화생명 문학상 수상-유양업(야나:한실문예창작 탑스런 문학회)
☆ 2016.8.한화생명 문학상 수상-유양업(야나:한실문예창작 탑스런 문학회)
☆ 2016.8.한화생명 문학상 수상-나은희(진달래:한실문예창작 부드런 문학회)
☆ 2016.8.한화생명 문학상 수상-이순복(봄처녀:한실문예창작 온스런 문학회)
☆ 2016.8.한화생명 문학상 수상-박덕은(낭만대통령:한실문예창작 지도 교수)
☆ 2016.8.재능시 낭송대회 수상-김영순(아정:한실문예창작 탑스런 문학회)
☆ 2016.7.수원 문학상 수상-강현옥(오로라:한실문예창작 부드런 문학회)
☆ 2016.7.수원 문학상 수상-이혜정(핑크마마:한실문예창작 온스런 문학회)
☆ 2016.7.전국 장애인 인식개선 콘테스트 문학상 수상-김미경(숲속의공주:한실문예창작 탑스런 문학회)
☆ 2016.7.충주문학관 문학상 장원 수상-김영순(아정:한실문예창작 탑스런 문학회)
☆ 2016.6.매일신문 시니어 문학상 논픽션 부문 특선 수상-이순복(봄처녀:한실문예창작 온스런 문학회)
☆ 2016.6.매일신문 시니어 문학상 시 부문 특선 수상-이순복(봄처녀:한실문예창작 온스런 문학회)
☆ 2016.6.지구사랑 문학상 수상-이담(늘해랑:한실문예창작 부드런 문학회)
☆ 2016.6.지구사랑 문학상 수상-김재원(다원:한실문예창작 부드런 문학회)
☆ 2016.6.지구사랑 문학상 수상-이인환(불맘조:한실문예창작 포시런 문학회)
☆ 2016.6.지구사랑 문학상 수상-강현옥(오로라:한실문예창작 부드런 문학상)

☆ 2016.6.지구사랑 문학상 수상-이호준(운거:한실문ㅇ예창작 탐스런 문학회)
☆ 2016.6.지구사랑 문학상 수상-김부배(첫사랑:한실문예창작 포시런 문학회)
☆ 2016.6.지구사랑 문학상 수상-박덕은(낭만대통령:한실문예창작 지도 교수)
☆ 2016.6.신인문학상 시 부문 수상-노연희(연꽃:한실문예창작 꽃스런 문학회)
☆ 2016.6.제1회 다독다독 문학상 수상-정경옥(단아:한실문예창작 탐스런 문학회)
☆ 2016.6.제1회 비바비 문학상 수상-황애라(푸른호수:한실문예창작 부드런 문학회)
☆ 2016.6.용아 박용철 전국 백일장 시 부문 수상-황애라(푸른호수:한실문예창작 부드런 문학회)
☆ 2016.6.용아 박용철 전국 백일장 시 부문 수상-김영순(아정:한실문예창작 탐스런 문학회)
☆ 2016.6.용아 박용철 전국 백일장 시 부문 수상-배종숙(꿈곱하기백:한실문예창작 포시런 문학회)
☆ 2016.6.용아 박용철 전국 백일장 시 부문 수상-이호준(운거:한실문예창작 탐스런 문학회)
☆ 2016.6.용아 박용철 전국 백일장 시 부문 수상-장헌권(헌책:한실문예창작 부드런 문학회)
☆ 2016.6.용아 박용철 전국 백일장 산문 부문 수상-박덕은(낭만대통령:한실문예창작 지도 교수)
☆ 2016.5.부산 문화글판 문학상 수상-장헌권(헌책:한실문예창작 부드런 문학회)
☆ 2016.5.안양 창작시 문학상 수상-황애라(푸른호수:한실문예창작 부드런 문학회)
☆ 2016.5.안양 창작시 문학상 수상-김부배(첫사랑:한실문예창작 포시런 문학회)
☆ 2016.4.제8회 전국장애인 문학상 수상-조경화(코람대오:한실문예창작 부드런 문학회)
☆ 2016.4.충주문학관 문학상 장원 수상-김부배(첫사랑:한실문예창작 포시런 문학회)
☆ 2016.3.한겨레21 시 문학상 수상-장헌권(헌책:한실문예창작 부드런 문학회)
☆ 2016.3.국민일보 신춘문예 시 수상-김숙희(아이비:한실문예창작 부드런 문학회)
☆ 2016.2.샘터 문학상 수상-전예라(동그라미:한실문예창작 온스런 문학회)
☆ 2016.2.빛창 문학상 수상-황애라(푸른호수:한실문예창작 부드런 문학회)
☆ 2016.2.어린이동아일보 문예상 수상-강창우(한실문예창작 꿈스런 문학회)
☆ 2016.2.겨드랑이 클리닉 문학상 수상-이강수(한실문예창작 꽃스런 문학회)
☆ 2016.2.충주문학관 문학상 장원 수상-이수진(한실문예창작 꽃스런 문학회)
☆ 2015.12.그루비 문학상 수상-배종숙(한실문예창작 성스런 문학회)
☆ 2015.12.충주문학관 문학상 왕중왕전 대상 수상-신명희(한실문예창작 탐스런 문학회)
☆ 2015.12.충주문학관 문학상 왕중왕전 최우수상 수상-김정순(한실문예창작 둥그런 문학회)
☆ 2015.12.충주문학관 문학상 왕중왕전 최우수상 수상-김지현(한실문예창작 꿈스런 문학회)
☆ 2015.12.충주문학관 문학상 왕중왕전 우수상 수상-황애라(한실문예창작 부드런 문학회)
☆ 2015.12.충주문학관 문학상 왕중왕전 우수상 수상-강현욱(한실문예창작 부드런 문학회)
☆ 2015.12.충주문학관 문학상 왕중왕전 우수상 수상-장헌권(한실문예창작 부드런 문학회)
☆ 2015.12.효사랑 문학상 수상-신명희(한실문예창작 탐스런 문학회)
☆ 2015.12.백송 시낭송 대회 대상 수상-강현욱(한실문예창작 부드런 문학회)
☆ 2015.12.한.아시아 시낭송 축제 대상 수상-정혜숙(한실문예창작 향그런 문학회)
☆ 2015.12.충주문학관 문학상 으뜸상 수상-김정순(한실문예창작 둥그런 문학회)
☆ 2015.12.폭력예방교육 슬로건 수상-박용훈(한실문예창작 포시런 문학회)
☆ 2015.11.의정부 문학상 수상-강순옥(한실문예창작 포시런 문학회)
☆ 2015.11.정음사 문학상 수상-장헌권(한실문예창작 부드런 문학회)
☆ 2015.11.빛창 문학상 수상-강현욱(한실문예창작 부드런 문학회)
☆ 2015.11.곡성 작은도서관 백일장 수상-이인환(한실문예창작 포시런 문학회)
☆ 2015.11.곡성 작은도서관 백일장 수상-최세환(한실문예창작 탐스런 문학회)
☆ 2015.11.곡성 작은도서관 백일장 수상-장헌권(한실문예창작 부드런 문학회)
☆ 2015.11.곡성 작은도서관 백일장 수상-박세연(한실문예창작 향그런 문학회)
☆ 2015.11.곡성 문학상 일반부 대상 수상-이혜정(한실문예창작 온스런 문학회)
☆ 2015.11.곡성 문학상 수상-임진숙(한실문예창작 길스런 문학회)
☆ 2015.11.곡성 문학상 초등부 대상 수상-강창우(한실문예창작 꿈스런 문학회)
☆ 2015.11.곡성 문학상 수상- 강승우(한실문예창작 꿈스런 문학회)
☆ 2015.11.곡성 문학상 수상-김영희(한실문예창작 꿈스런 문학회)
☆ 2015.11.곡성 문학상 수상-박건우(한실문예창작 꿈스런 문학회)
☆ 2015.11.충주문학관 문학상 수상-장헌권(한실문예창작 부드런 문학회)
☆ 2015.10.제2회 경북일보 문학대전 문학상 수상-황애라(한실문예창작 부드런 문학회)
☆ 2015.10뇌연구원 문학상 장원 수상-최세환(한실문예문학 탐스런 문학회)

☆ 2015.10.교정학술문예 문학상 수상-신명희(한실문예창작 탐스런 문학회)
☆ 2015.10.한민족 통일 문예제전 문학상 수상-강현옥(한실문예창작 부드런 문학회)
☆ 2015.10.한민족 통일 문예제전 문학상 수상-황애라(한실문예창작 부드런 문학회)
☆ 2015.10.한양대 ERICA 문학상 우수상 수상-황애라(한실문예창작 부드런 문학회)
☆ 2015.10.목포 문학상 동화 부문 대상 수상-정은희(한실문예창작 길스런 문학회)
☆ 2015.10.충주문학관 문학상 으뜸상(중등부 대상) 수상-김지현(한실문예창작 꿈스런 문학회)
☆ 2015.10.충주문학관 문학상 우수상 수상-강현옥(한실문예창작 부드런 문학회)
☆ 2015.10.직지문학상 대상 수상-최세환(한실문예창작 탐스런 문학회)
☆ 2015.10.직지문학상 수상-신명희(한실문예창작 탐스런 문학회)
☆ 2015.9.하동국제문화제 문학상 수상-황애라(한실문예창작 부드런 문학회)
☆ 2015.9.하동국제문화제 문학상 수상-이지윤(한실문예창작 포시런 문학회)
☆ 2015.9.충주문학관 문학상 으뜸상(일반부 대상) 수상-신명희(한실문예창작 탐스런 문학회)
☆ 2015.9.충주문학관 문학상 우수상 수상-황애라(한실문예창작 부드런 문학회)
☆ 2015.8.나누리병원 문학상 수상-황애라(한실문예창작 부드런 문학회)
☆ 2015.8.공작산 생태숲 문학상 수상-박건우(한실문예창작 길스런 문학회)
☆ 2015.8.빛창 문학상 수상-강현옥(한실문예창작 부드런 문학회)
☆ 2015.7.실버 시니어 문학상 수상-최세환(한실문예창작 탐스런 문학회)
☆ 2015.4.미래에셋 예술 공모전 우수상 수상-신명희(한실문예창작 탐스런 문학회)
☆ 2015.4.미래에셋 예술 공모전 최우수상 수상-김태현(한실문예창작 탐스런 문학회)
☆ 2015.3.국민일보 신춘문예 수상-황애라(한실문예창작 부드런 문학회)
☆ 2014.12.백호백일장 대회 수상-장순자(한실문예창작 부드런 문학회)
☆ 2014.12.신진예술가상 수상-강현옥(한실문예창작 부드런 문학회)
☆ 2014.11.동서문학상 수상-정예영(한실문예창작 둥그런 문학회)
☆ 2014.5.장애인 고용지원 인식개선 문화제 수상-김미경(한실문예창작 둥그런 문학회)
☆ 2013.3.전국장애인근로자문화제 수상-김미경(한실문예창작 둥그런 문학회)
☆ 2013.3.국민일보 신춘문예 수상-정예영(한실문예창작 둥그런 문학회)
☆ 2013.3.창조문학신문 신춘문예 수상-이지혜(한실문예창작 향그런 문학회)
☆ 2013.3.창조문학신문 신춘문예 수상-김정순(한실문예창작 둥그런 문학회)
☆ 2012.11.동서문학상 금상 수상-임미형(한실문예창작 향그런 문학회)
☆ 2011.5.크리스천 신춘문예 수상-이인덕(한실문예창작 향그런 문학회)
☆ 2011.4.국시원 공모 수상-강현옥(한실문예창작 부드런 문학회)
☆ 2010.11.동서문학상 맥심상 수상-강만순(한실문예창작 싱그런 문학회)
☆ 2010.2.시립합창단 노랫말 공모 수상-김성순(한실문예창작 싱그런 문학회)
☆ 2010.1.한꿈 한마당 백일장 수상-임미형(한실문예창작 향그런 문학회)
☆ 2010.1.한꿈 한마당 백일장 수상-양은정(한실문예창작 싱그런 문학회)
☆ 2010.1.한꿈 한마당 백일장 수상-임순이(한실문예창작 싱그런 문학회)
☆ 2010.1.한꿈 한마당 백일장 수상-진자영(한실문예창작 향그런 문학회)
☆ 2010.1.한꿈 한마당 백일장 수상-소귀옥(한실문예창작 싱그런 문학회)
☆ 2010.1.한꿈 한마당 백일장 수상-김혜숙(한실문예창작 둥그런 문학회)
☆ 2010.1.한꿈 한마당 백일장 수상-김영순(한실문예창작 탐스런 문학회)
☆ 2010.1.한꿈 한마당 백일장 수상-김영욱(한실문예창작 향그런 문학회)
☆ 2010.1.한꿈 한마당 백일장 수상-김성순(한실문예창작 부드런 문학회)
☆ 2010.1.한실문학상 대상-김용숙(한실문예창작 부드런 문학회)
☆ 2010.1.한실문학상 최우수상-임미형(한실문예창작 향그런 문학회)
☆ 2009.10.약사 문예상 수상-김성순(한실문예창작 싱그런 문학회)
☆ 2008.10.전북 여성백일장 대회 수상-최자현(한실문예창작 싱그런 문학회)
☆ 2008.6.제9회 동서커피문학상 수상-양은정(한실문예창작 싱그런 문학회)
☆ 2007.10.광주 여성백일장 대회 수상-김아름(한실문예창작 둥그런 문학회)
☆ 2007.10.전남 여성백일장 대회 수상-박미선(한실문예창작 부드런 문학회)
☆ 2007.9.광주 문인협회 백일장 대회 수상-김용숙(한실문예창작 부드런 문학회)
☆ 2007.9.광주 문인협회 백일장 대회 수상-이시혜(한실문예창작 향그런 문학회)
☆ 2007.9.광주 문인협회 백일장 대회 수상-홍금주(한실문예창작 부드런 문학회)

한실 문예창작 문우들의 작품집

오늘의 詩選集 Series

오늘의 詩選集 제1권

화장을 지우며
강만순 지음 / 144면

오늘의 詩選集 제2권

또 한 번 스무 살이 되고 싶은 밤
김숙희 지음 / 160면

오늘의 詩選集 제3권

사랑의 빈자리 될까 봐
박완규 지음 / 144면

오늘의 詩選集 제4권

유모차 탄 강아지
김미경 지음 / 112면

오늘의 詩選集 제5권

이 환장할 봄날에
신점식 지음 / 176면

오늘의 詩選集 제6권

작아지고 싶다
주경희 지음 / 176면

오늘의 詩選集 제7권

가을은 어디나 빈자리가 없다
전금희 지음 / 176면

오늘의 詩選集 제8권

쓸쓸함에 대하여
이후남 지음 / 176면

오늘의 詩選集 제9권

바람이 열어 놓은 꽃잎
문재규 지음 / 220면

오늘의 詩選集 제10권

단 한 번 사랑으로도
이호근 지음 / 176면

오늘의 詩選集 제11권

할 말은 가득해도
최승벽 지음 / 176면

오늘의 詩選集 제12권

비밀 일기
박봉은 지음 / 176면

오늘의 詩選集 제13권

꽃만 봐도 서러운 그날
한실 문예창작 동인지 제8집

오늘의 詩選集 제14권

마냥 좋기만 한 그대
최기숙 지음 / 176면

오늘의 詩選集 제15권

풀꽃향 당신
김영순 지음 / 176면

오늘의 詩選集 제16권

유리인형
박봉은 지음 / 176면

오늘의 詩選集 제17권

보고픔이 자라고 자라서
한실 문예창작 동인지 제9집

오늘의 詩選集 제18권

첫사랑
김부배 지음 / 176면

오늘의 詩選集 제19권

나는 매일 밤 바람과 함께 사라진다
박덕은 지음 / 240면

오늘의 詩選集 제20권

오늘도 걷는다
유양업 지음 / 176면

오늘의 詩選集 제21권

내 사람 될 때까지
전춘순 지음 / 176면

오늘의 詩選集 제22권

처음 사랑
한실 문예창작 동인지 제10집

오늘의 詩選集 제23권

당신에게·둘
박봉은 지음 / 176면

오늘의 詩選集 제24권

그 누가 다녀간 것일까
전금희 지음 / 206면

오늘의 詩選集 제25권

한 잔 술에 가둘 수 없어
이후남 지음 / 164면

오늘의 詩選集 제26권

그리움 머문 자리
이인환 지음 / 176면

오늘의 詩選集 제27권

사랑의 콩깍지
김부배 지음 / 176면

오늘의 詩選集 제28권

사랑은 시가 되어
최길숙 지음 / 176면

오늘의 詩選集 제29권

그리움이라서
이수진 지음 / 176면

오늘의 詩選集 제30권

그리움 헤아리다
배종숙 지음 / 176면

오늘의 詩選集 제31권

아직 끝나지 않은 이야기
장헌권 지음 / 176면

오늘의 詩選集 제32권

마냥 좋아서
한실 문예창작 동인지 제11집

오늘의 詩選集 제33권

그리움의 언덕에 서다
김부배 지음 / 176면

오늘의 詩選集 제34권

사찰이 시를 읊다
이수진 지음 / 176면

오늘의 詩選集 제35권

그대는 나의 누구인가
한실 문예창작 동인지 제12집

오늘의 詩選集 제36권

사랑은 감기몸살처럼
박봉은 지음 / 176면

오늘의 詩選集 제37권

그때는 몰랐어요
정주이 지음 / 176면

오늘의 詩選集 제38권

몰래 한 사랑
조정일 지음 / 192면

오늘의 詩選集 제39권

여백의 미학
한실 문예창작 동인지 제13집

오늘의 詩選集 제40권

이 환장할 그리움
김부배 지음 / 164면

오늘의 詩選集 제41권

지금도 기다릴까
유양업 지음 / 166면

오늘의 詩選集 제42권

사랑하기까지
한실 문예창작 동인지 제14집

한실 문예창작 동인지

한실 문예창작 동인지 제1집
『한꿈』

한실 문예창작 동인지 제2집
『한꿈』

한실 문예창작 동인지 제3집
『당신의 쓸쓸함은 안녕하십니까』

한실 문예창작 동인지 제4집
『목련은 흔들리고 있다』

한실 문예창작 동인지 제5집
『그래도 한쪽 가슴은 행복합니다』

한실 문예창작 동인지 제6집
『좋은 걸 어떡해』

한실 문예창작 동인지 제7집
『아직도 사랑인가 봐』

한실 문예창작 동인지 제8집
『꽃만 봐도 서러운 그날』

한실 문예창작 동인지 제9집
『보고픔이 자라고 자라서』

한실 문예창작 동인지 제10집
『처음 사랑』

한실 문예창작 동인지 제11집
『마냥 좋아서』

한실 문예창작 동인지 제12집
『그대는 나의 누구인가』

한실 문예창작 동인지 제13집
『여백의 미학』

한실 문예창작 동인지 제14집
『사랑하기까지』

오늘의 수필집 Series

오늘의 수필집 제1권

그곳 봄은 맛있었다
최세환 지음 / 288면

오늘의 수필집 제2권

바람 따라 구름 따라 별빛 따라
유양업 지음 / 288면

개별 작품집

고목나무에 꽃이 핀 사연
김영순 시집

당신만 행복하다면
박봉은 제1시집

시가 영화를 만나다
장헌권 시집

한가한 날의 독백
고영숙 시·산문집

세월이 품은 그리움
김순정 시집

백지 퍼즐
신명희 제1시집

늘 곁에 있는 다른 나처럼
정연숙 시집

당신
박덕은 시집